팔황지로

八荒之路

단극 新무협 판타지 소설

FANTASTIC ORIENTAL HEROES

# 팔황지로 1

단극 新무협 판타지 소설

초판 1쇄 찍은 날 § 2012년 11월  16일
초판 1쇄 펴낸 날 § 2012년 11월  23일

지은이 § 단극
펴낸이 § 서경석

편집부장 § 권태완
편집책임 § 박가연
편집 § 박우진
디자인 § 신현아

펴낸곳 § 도서출판 청어람
등록번호 § 제1081-1-89호
등록일자 § 1999. 5. 31
어람번호 § 제2-2279호

주소 § 경기도 부천시 원미구 심곡2동 163-2 서경B/D 3F (우) 420—822
전화 § 032-656-4452  팩스 § 032-656-4453
http://www.chungeoram.com
E-mail § chungeorambook@daum.net

ⓒ 단극, 2012

ISBN 978-89-251-3079-8 04810
ISBN 978-89-251-3078-1 (세트)

八荒之路

팔황지로

1

단구 新무협 판타지 소설

FANTASTIC ORIENTAL HEROES

目次

# 序

　호북성(湖北省)의 성도 무한(武漢)은 양자강과 한수가 만나며, 북경과 강남을 잇는 수륙교통의 요충지로 중원에서 손꼽히는 상업 도시이다.

　수없이 많은 물류와 사람이 오가는 무한은 그야말로 호북을 대표하는 번화한 도시로 처음 방문한 사람들의 눈을 휘둥그러지게 할 정도의 화려함으로도 유명하다.

　그 화려함은 밤조차 잊게 한다는 불야성(不夜城)의 찬란한 불빛과 항주의 서호와 쌍벽을 이루는 명승지인 동호(東湖)에 뜬 수없이 많은 놀이배로 대표되곤 한다.

　그러나 수많은 돈과 향락과 즐거움이 오가는 도시, 무한에도 당연히 어둠은 있다. 아니, 빛이 너무나도 밝기에 그 어둠은 더더욱 깊었다.

第一章
소악귀 (小惡鬼)

팔황지로
八荒之路

　무한의 명소 중 하나인 황학루(黃鶴樓)는 언제나 많은 시인 묵객들이 찾는 것으로 유명하다.

　하지만 최근 루주가 바뀐 이후부터는 또 하나의 볼거리로 사람들의 발길을 이끌었다.

　"그래, 도대체 뭐 때문에 나를 이리로 끌고 온 건가?"

　호남에서 장사를 하는 한 상인은 좋은 구경거리를 보여준다며 갑자기 쳐들어와 자신을 이리로 데리고 온 친구를 보며 물었다.

　"조금만 더 기다려 보게나. 보기 드문 아주 좋은 구경을 할 수 있을 테니. 주위를 보게나. 다들 기대에 어린 눈을 하고 있지 않은가?"

그의 친구는 창가에 팔을 올리고 잔에 담긴 명주를 입가에 머금으며 미소를 지었다.

과연 상인이 둘러보니 주위의 시선이 모두 창가 아래로 향해 있었다.

그들 모두는 딱 봐도 귀티가 줄줄 흐르는 사람들이었다.

대머리가 인상적인 뚱뚱한 남자도, 백발이 성성하고 얼굴이 쪼글거리는 노인도, 살집이 실로 후덕함을 자랑하는 부인까지 가지각색의 사람들이 있었다.

사람들은 제각각이었지만 공통적인 점이 하나 있었다.

그것은 그들의 눈이 기대감으로 가득 차 있다는 점이었다.

그들이 그렇게 기다리는 것이 무엇일까?

무엇을 기다리기에 저런 눈을 하고 있는 것일까?

그것이 상인의 호기심을 자극했다.

"곧 보게 될 것이 바로 요즘 무한 상류층 사회에 유행하는 볼거리라네. 황학루의 주가가 갑자기 뛰어 오른 원인이기도 하지."

친구는 젓가락에 집은 안주를 씹으며 상인에게 술병을 내밀었다.

상인의 잔이 비어 있었기 때문이었다.

"흐음…."

그가 따라준 술을 입에 털어 넣었다.

황학루가 자랑하는 천 개의 과실을 넣어 만들었다는 천과주(千果酒)의 맛은 과연 명불허전이었다.

그 이름대로 실제 천 개의 과일이 들어갔는지는 알 수 없었지만 적어도 그런 이름이 붙어도 전혀 이상치 않을 정도로 그 맛이 월등하다는 것만은 분명했다.

하지만 지금 그에게는 입과 코 안을 감도는 천과주의 압도적인 주향(酒香)보다도 곧 벌어질 무언가에 대한 기대가 머릿속을 가득 채우고 있었다.

그렇게 기대감이 점점 더 부풀어 오르고 있을 때였다.

뚜벅뚜벅.

계단을 통해 누군가가 올라왔다.

샛노란 비단옷에 짙은 황색 장포를 걸친 사십대의 중년 남성이었다.

그는 이 황학루의 관리를 맡은 지배인이었다.

사람들은 그가 모습을 드러내자 휘파람을 불거나 박수를 치며 그를 맞이했다. 아니, 정확히는 그를 맞이한다기보다는 그가 알릴 무언가를 기대하고 있는 듯 보였다.

그는 사람들의 시선을 느끼고는 슬며시 미소를 짓더니 이내 입을 열었다.

"오늘도 황학루를 찾아주신 손님 여러분께 머리 숙여 감사를 드립니다."

그는 가볍게 고개를 숙였다.

"그리고 많이들 기다리셨습니다. 이제 곧 황학루의 명물, 아귀투(餓鬼鬪)가 시작되겠습니다."

"오오!!"

“여태껏 기다렸소!”

점잖은 수염의 지배인이 나와 고개를 숙이며 알리자 객잔 곳곳에서 탄성이 터져 나왔다.

하지만 그에 반해 상인의 눈살은 잔뜩 찌푸려져 있었다.

“아귀투?”

지배인의 입에서 나온 불길함을 담은 섬뜩한 울림 때문이었다.

아귀라면 불교에서 나오는 여덟 귀신 중 하나로 채워지지 않을 허기에 괴로워하는 굶주림과 탐욕의 화신을 이르는 말이었다.

근데 그들이 싸운다니?

어떤 일이 일어날 것인지 쉬이 떠올릴 수 없었다.

“나 또한 처음은 자네와 같이 의아한 반응이었다네. 그러니 잠시 기다려 보게나.”

친구는 눈살을 찌푸리는 그의 어깨를 가볍게 두드렸다.

“오. 이제 시작하는군.”

그의 말에 따라 상인은 고개를 창가로 돌렸다.

창가 밑에는 높다랗고 커다란 원형 구조물이 자리하고 있었다.

그 구조물은 널따란 공터 하나를 통째로 차지해 꽤 넓었고, 벽은 무척이나 높았다. 위쪽에서 대충 눈짐작을 해도 일 장을 훌쩍 넘어 보였는데 얼기설기 올려놓은 가건물이 아니었다. 벽돌이 다닥다닥 밀착해 벽을 이루는 풍이 두터운 성벽을 보는 듯 했다.

입구는 굳게 닫혀 있었고, 벽 위에는 넘어서지 못하게 가시와 날카로운 창날들이 빼곡히 박혀 있었다.

그 모습에서 상인은 하나의 단어를 연상했다.

감옥.

분명 구경을 위해 지어놓은 모양새지만 주위를 둘러싼 삼엄함은 그의 머릿속에 감옥이란 단어를 연상하게 했다.

자갈과 모래가 빽빽하게 깔린 구조물의 안에는 꽤 많은 인영들의 모습이 보였다.

"저들은……."

하나같이 걸레처럼 헤진 옷에 마르고 어딘가 위축되어 보이는 그들의 정체를 상인은 쉽게 눈치챌 수 있었다.

그들은 빈민들이었다. 이곳 무한의 뒷골목에서 아주 쉽게 발견할 수 있는 이들이었다.

그리고 무한의 번화가에선 절대 쉬이 볼 수 없는 이들이었다.

상인의 눈살이 다시금 찌푸려졌다.

무언가 그리 좋지 않은 일이 벌어지리라는 것을 예감한 탓이었다.

그리고 굳게 닫혀 있던 입구의 문이 열렸다.

그 문에서는 커다란 광주리를 든 사람 몇몇이 모습을 드러냈다. 그리고 그 순간 공터에 모인 빈민들의 웅성거림이 커졌다.

그들은 손에 커다란 광주리 몇 개를 들고 있었다. 오목한 광주리 안에는 음식들이 담겨 있었다.

정확히는 조리 중 남은 자투리나 먹고 남은 잔반이었다.

하지만 황학루는 고급 객잔이고 그런 만큼 그 자투리라고 해도 흔히 맛보기는 힘든 음식들이었다.

광주리에 나는 먹음직스러운 향기들에 빈민들의 웅성거림이 더욱 커졌다. 그리고 그들을 바라보는 객잔 위 사람들의 입가에는 미소가 더욱 짙어지고 있었다.

사람들은 광주리를 원형 구조물의 한편에 자리한 단상 위에 올려 두었다. 그리고는 문을 열고 밖으로 나갔다. 이제 이 자리에 벌어질 일들은 꽤 위험한 것이기 때문이었다.

땡.

커다란 징소리가 울렸다. 그와 함께 빈민들이 광주리 놓인 단상을 향해 뛰어들었다.

그 광경은 지옥과도 같았다.

서로 싸우고 물어뜯고 할퀴고 때리고 밟았다.

밀고 밀리며 사람이 깔리고 누군가 그 위를 밟고 지나갔다.

바닥에 깔린 어떤 이는 머리가 깨지고 얼굴이 땅바닥에 처박혀 갈려 나갔다.

피가 튀고 여기저기 팔다리가 부러진 사람들이 바닥을 뒹굴고, 그들의 비명이 사방으로 울려 퍼졌다.

빈민들의 눈동자에는 광기가 어려 있었다.

얼마나 굶주렸는지 기억도 나지 않는 끝없는 허기가 그들에게 광기를 쏟아붓고 있었다.

　그들이 서로 싸우고 바닥을 뒹구는 모습은 정말 지옥에서 서로를 잡아먹는다는 아귀들의 모습을 보는 것 같았다.

　"하하하."

　"오늘도 끝내주는군."

　객잔의 사람들은 너나 할 것 없이 박장대소를 하며 그 광경을 바라보고 있었다. 마치 이 광경이 더할 나위 없는 안주인 것마냥 술을 마시며 대소하는 그들의 눈에는 격한 환희의 빛이 어려 있었다.

　먹을 것을 위해 피터지게 싸우는 모습을 술과 함께 웃으며 관람한다.

　그것은 압도적인 힘의 확인이었다.

　자신들은 이 화려하고 편안하며 안락한 관람석에서 웃고 즐기며 구경하지만, 밑바닥의 빈민들은 단지 살아남기 위해 서로를 물어뜯고 때리고, 심지어 죽여야 했다.

　사람은 상대적인 동물이다.

　언제나 자신이 다른 이들보다 위에 있음을 확인하고 싶어 하고 그것을 바라며 또한 즐기는 동물이다.

　그런 그들에게 이 잔인하기 짝이 없는 광경을 관람하는 것은 무척이나 즐거운 일이었다.

　"으악!!"

　비명 소리가 커져 갈수록 웃음소리도 커져 갔다.

　"……."

상인은 눈살을 찌푸렸다.

딱히 바닥을 구르는 빈민들에게 동정을 가지는 것은 아니었지만 이 광경이 그리 썩 마음에 들지 않았다.

"허어. 취향에 맞지 않나 보군."

그의 친구는 상인의 뺨이 잔뜩 찌푸려진 것을 보고는 쓴웃음을 지었다.

자신의 친구는 상인이라고 하기에는 마음이 너무 여렸다.

"그래도 참고 봐 두게나. 요 근래 무한 상류층의 화제에 꼭 끼이는 것이니 말이야."

친구는 상인의 어깨를 두드리며 술잔을 건넸다.

"응?"

건네받은 술잔을 입가로 가져가던 상인의 시선이 문득 어딘가로 고정되었다.

그 시선이 향한 곳은 아귀투가 한창으로 벌어지는 공터의 구석이었다.

아직 그리 크지 않은 소년의 모습이 거기 있었다.

그리고 그 소년은 자신에게 달려드는 다른 빈민들을 헤치며 나아가고 있었다.

나름 덩치가 있는 이들이 소년에게 뛰어들었지만, 재빠른 몸놀림과 영악한 판단으로 쓰러뜨리고 넘겨 버렸다.

그 모습은 난잡하고 어지러운 빈민들의 아귀다툼과는 분명 다른 색을 띄고 있었다.

그 더럽고 난잡하며 오물과도 같은 어둠 속에서 그 소년은 무언가 다른 빛을 발하고 있었다.

　그 이채가 상인의 눈을 사로잡았다.

　"호. 오늘도 왔군."

　"알고 있는가?"

　친구의 말에 상인이 물었다.

　"그렇지. 잘 알고 있지. 저 소년이 이 아귀투의 명물이자 빈민가에서도 소문이 자자한 소악귀(小惡鬼)라네."


　원형의 구조물 내부는 그야말로 광기의 폭풍이 몰아치고 있었다.

　안을 가득 메운 빈민들의 눈은 시뻘게져 있었다.

　허기를 달랠 수 있는 음식이 눈앞에 있었다.

　뱃가죽이 등에 달라붙을 것 같은 배고픔이 명령하고 있었다. 어떻게든 저것을 손에 넣으라고. 식욕이라는 절대적인 본능이 가져다주는 광기가 그들의 정신을 빨갛게 물들이고 있었다.

　여기 모인 이들이 비록 빈민이라 하지만 이것은 엄연한 싸움. 당연히 왜소하고 비루한 자들보다 그나마 덩치가 있는 이들이 많았다.

　아니, 덩치가 작은 이들이나 혹여 자투리 하나 얻을 수 있을까 해서 모여든 아이들은 벌써 피를 뿌리고 팔다리가 부러져 땅바닥을 뒹굴고 있었다.

　그렇게 백이 넘게 모여 있던 빈민 중 이미 반수 이상은 이 아귀투의 희생양이 되어 있었다.

다리가 부러지고, 팔이 뒤틀리고, 머리가 깨져 비명을 질러대도 신경 쓰는 이 하나 없었다.

허기에 시달린 빈민들은 오로지 자신의 굶주림을 채워줄 음식에만 눈이 가 있었다.

황학루의 사람들에게 그들의 존재란 어차피 먹을 것만 던져주면 언제든 불러 모을 수 있는 편한 장기말에 불과했다.

사람들로부터 소악귀라고 불리는 소년은 재빨리 주위를 둘러보았다.

그의 발밑에는 방금 전 그에게 돌멩이를 들고 달려들은 한 사람이 눈을 뒤집고 뻗어 있었다.

살금살금 다가와 뒤를 노린 공격을 피해 그대로 명치를 후려친 것이다.

커다란 손이 닥쳐와 소년의 몸을 휘감았다.

팔이 무척이나 긴 빈민 하나가 소년의 몸을 붙잡아 들고 있었다.

그는 소년을 들어 그대로 바닥에 메쳐 버릴 생각이었다.

하지만 소년은 침착했다.

소년은 몸을 휘감은 오른 팔뚝을 그대로 이빨로 깨물었다.

움푹 하고 누린내 나는 팔뚝으로 이빨이 파고들었다.

"으악!"

팔을 깨물린 이는 비명을 질렀다.

고통에 대한 면역이 크게 없었는지 몸을 압박하던 팔의 압력이 헐거워졌다.

그것을 인지하자마자 소년은 뒤쪽을 향해 팔꿈치를 내질렀다.

퍽.

"크윽."

정확히 명치를 가격한 팔꿈치의 일격에 그는 그대로 바닥에 주저앉아 버렸다.

그에게 더 신경 쓸 시간은 없었다.

속박에서 벗어남과 동시에 어떤 비쩍 마른 남자가 소년에게 몸을 날리고 있었기 때문이었다.

소년은 놀라지 않았다.

침착하게 옆으로 발을 내딛었다.

남자의 몸이 소년이 방금 전에 있던 곳을 날며 그의 손은 허공을 스치고 지나갔다.

소년을 잡지 못한 채 땅바닥에 엎어진 남자는 재빨리 일어서려 했지만 그의 의도는 이루어지지 못했다.

뒤이어 몰려온 이들이 그를 둘러싸고 넝마가 될 때까지 밟았다.

이 아귀투에선 모두가 적이었다.

쓰러진 약자는 밟아 일어서지 못하게 해야 했다.

소년은 다시 달려나갔다.

언제나 꽤 많은 음식을 가져가는, 소악귀라 불리는 소년을 향한 견제는 심했다. 서로 싸우다가도 소년을 보면 갑작스레 뛰어드는 것은 흔한 일이었다.

하지만 소년은 놀랄 만큼 재빠른 움직임으로 그들을 피해내고 과감한 움직임으로 제압했으며 몇 명이 한꺼번에 붙잡아도 어떻게든 빠져나왔다.

당연히도 그런 소년의 상태는 썩 좋지 않았다.

입고 있던 옷은 거의 걸레짝이 되어 있었고, 전신 여기저기에는 크고 작은 상처들이 쩍 입을 벌리고 있었다.

호흡은 거칠었고, 입안은 단내로 젖어 있었다. 그리고 전신은 땀으로 흥건하게 젖어 축축했다.

하지만 새파랗게 타오르는 독기 어린 소년의 눈동자는 조금도 힘을 잃지 않았다. 아니, 오히려 더 불타오르고 있었다.

소년은 절대 멈추지 않았다. 맞고 붙잡히고 밟히면서도 꿋꿋이 광주리가 놓인 단상으로 향했다.


어느덧 공터를 가득 메우던 비명 소리가 점점 잦아들고 있었다.

소년은 자신의 발목을 붙잡는 이의 손을 거세게 밟아 비틀었다.

빠득. 손가락이 부서지는 소리가 들렸다.

"으악!!"

발을 압박하던 힘이 풀렸다.

고통과 악에 받친 비명 소리를 뒤로하며 앞으로 뛰쳐나갔다.

서로 싸우는 틈바구니 사이에서 단상을 향해 뛰어갔다.

휘익.

머리를 향해 날아오는 주먹을 보고는 황급히 몸을 비틀었다.

그리고 비어 있는 다리를 걸어 넘어뜨리고는 머리를 차버렸다.

고목처럼 비쩍 마른 상대는 원망스러운 눈으로 바라보더니 그대로 눈을 뜬 채 정신을 잃었다.

"후우. 후우."

턱밑까지 차오른 거친 호흡을 가다듬었다.

내장이 입 밖으로 튀어나올 것처럼 벅차고 전신이 욱신거렸지만 아직은 쉴 때가 아니다. 그렇게 몇 번이고 스스로를 다스렸다.

바닥에 쓰러져 반쯤 정신을 잃은 어떤 이와 시선이 마주쳤다. 그는 울고 있었다.

그 시선에서 고개를 돌리며 자신의 뒤를 노리는 이의 얼굴을 주먹으로 갈겨 버렸다.

살아가기 위해서 어쩔 수 없었다. 살아야 했다.

나 자신의 삶뿐만 아니라 나를 믿는 사람들을 위해 여기서 살아가고 이겨야 했다.

"이 소악귀가!!"

광주리가 놓인 단상까지의 거리가 얼마 남지 않았을 때 고함 소리와 함께 두 명이 동시에 덮쳐 왔다.

“죽어!!”

고함을 지르는 두 사람의 손에는 바닥에서 주운 끝이 무척이나 날카로운 돌이 들려 있었다.

그들 또한 살아남기 위해 누군가를 죽이는 것이다.

그리고 나도 누군가를 살리기 위해 그리고 살아가기 위해 다른 이들을 밟고 나아가야만 했다.

그렇게 살아남기 위해 많은 사람을 밟아야 했던 나를 사람들은 소악귀라 불렀다.

달려오는 이들에 맞서 지친 몸은 수없이 연습한 하나의 주먹을 그려냈다.

퍽.

수없이 연습한 찌르기가 달려오던 한 명의 얼굴에 그대로 꽂혔다.

“으악!!”

“받아라!!”

뒤이어 몸을 날린 인영이 날카로운 돌을 휘둘렀다.

뒤나 옆으로 피하기는 이미 늦었다.

그렇기에 오히려 앞으로 파고들어갔다.

인영이 휘두른 돌이 귓가를 스치고 지나갔다.

과감한 발걸음이 품 안으로 파고들 기회를 만들어 주었다.

훤히 드러난 턱을 장저로 그대로 갈겨 버렸다.

쓰러진 그를 뒤로하고 주위를 둘러보았다.

이제 남은 이는 여섯 정도.

단상 위에 올려진 광주리도 여섯.

그 순간.

뎅.

징이 울렸다.

이제야 아귀투가 끝난 것이다.

사람이 살기 위해 사람을 잡아먹는 싸움이 이제야 끝난 것이다.

아귀투가 끝나고 백이 넘게 모인 빈민 중 제대로 서 있는 이는 단 여섯 명뿐이었다.

나머지 빈민들은 시뻘건 피로 흥건히 뒤덮여 색마저 변해버린 땅바닥에 고개를 처박고 있었다.

그들 중 반수 이상은 팔이나 다리 하나 정도는 부러진 상태였고, 아마 그들 중 몇 명은 이미 유명을 달리했을지도 몰랐다.

소년은 숨을 몰아쉬면서도 그 손에는 광주리 하나를 붙잡고 있었다.

머리는 산발이 되어 휘날리고 있었고, 이마의 윗부분이 찢어져 흐른 피가 오른쪽 눈을 가리고 있었다.

전신은 다른 이들로부터 튄 피와 찢어진 상처로부터 흐른 피가 섞여 엉망이 되어 있었다.

"자, 오늘의 아귀투는 이것으로 마치겠습니다. 모두들 재미있게 보셨습니까?"

객잔에서는 환호성이 울려 퍼지고 있었다.

소년은 고개를 들어 객잔 위를 바라보았다.

화려한 객잔의 창가에 앉아 그들은 이 원형의 우리를 바라보고 있었다.

값비싼 비단옷을 입고 온갖 산해진미와 명주를 입에 넣으며 이 지옥과도 같은 장면을 즐거운 듯 환호하며 감상하고 있었다.

아마 그들의 눈에 이 장면은 벌레들이 서로 물어뜯고 죽이는 것으로밖에 보이지 않을 것이다.

"빌어먹을 새끼들."

소년은 씹어뱉듯 차가운 목소리를 내뱉었다.

살아가기 위해 발버둥을 치는 모습을 그들은 그저 웃으며 유희거리로 바라보고 있었다.

소년은 손에 든 광주리를 보았다. 안에는 객잔에서 만들고 남은 자투리들이 들어 있었다.

저들은 줘도 먹지 않을 음식을 두고 이 많은 사람이 서로를 물어뜯으며 싸운 것이다.

"……"

그의 또래로 보이는 빈민 하나가 바닥에 엎어져 광주리를, 그리고 광주리를 들고 있는 소년을 노려보고 있었다. 고통, 배고픔, 증오와 광기. 그 시선에는 실로 다양한 것이 섞여 있었다.

다리 하나가 있을 수 없는 방향으로 뒤틀려 있었다. 소년은 그의 미래를 알 수 있었다. 다리 하나가 부러진 빈민 소년이 어떻게든 생을 유지할 수 있을 만큼 빈민가는 너그럽지 않은 세상이었다. 그는 얼마 안 가 죽을 것이다. 여태껏 너무나도 많이 보아온 풍경이었다. 소년은 살짝 고개를 돌리며 시선을 피했다.

"미안……."

소년은 들리지 않게 아주 작은 목소리로 중얼거렸다.

"하하하."

"좋은 걸 봐서 그런지 오늘따라 더욱 술맛이 좋군."

위에는 격렬한 사투를 본 이들이 흥분에 젖어 술을 기울이고 있었다.

그들은 알까?

고작 그들의 향락을 위해 도대체 얼마의 목숨이 이 아귀투에서 희생되고 있는 것인지.

아니, 그들은 알고 있을 것이다.

그 사실이 그들을 더욱 흥분시키고 그들이 머금는 술맛을 더욱 좋게 할 테니까.

소년의 눈이 절로 날카로워졌다.

이가 갈렸다.

"……."

그들을 바라보는 소년의 눈에는 짙은 경멸의 빛이 어려 있었다.


온갖 향락과 사치가 판치는 번화가에서 아주 조금만 더 깊숙이 들어가면 존재하는 것은 바로 빈민가였다.

무한이란 화려한 도시의 그림자.

사회에서 낙오되고 갈 곳 없는 사람들이 모여 하루하루를 겨우겨우 살아가는 곳이었다.

밝은 쪽에선 중원에 이름을 떨치는 명주와 미효, 그리고 갖가지 산해진미가 남아 버려진다.

하지만 빈민가에선 땅바닥에 떨어져 모래와 진흙으로 범벅된 음식조차 먹지 못해 사람들과 특히 아이들이 굶어 죽어가고 있었다.

그 빈민가 골목을 소년은 걷고 있었다.

소년이 쥔 광주리로부터 나는 먹음직한 음식의 향에 탐욕과 허기에 미친 광기 어린 시선이 모였지만 아무도 함부로 덤벼들지 못했다.

여태껏 광주리를 가지고 오는 소년에게 덤벼들었다 호된 꼴을 당한 이가 한둘이 아니었기 때문이었다.

소년이 자신을 건드리는 자에게 얼마나 지독한 응징을 하는지 모르는 이는 적어도 빈민가에는 없었다.

소악귀라는 칭호는 빈민가에선 무척이나 유명한 것이었다.

독기와 오기로 점철된 소년의 차가운 눈동자와 마주치는 것을 피하면서도, 그들은 코를 벌름거리며 광주리로부터 시선을 떼지 못했다.

소년은 주위를 계속 경계하며 골목 더 깊숙한 곳으로 들어갔다.

안으로 들어갈수록 더욱 어두워지고 더욱 비참한 삶을 살아가는 이들의 모습이 보였다.

얼마나 깡말랐는지 피골이 상접해 살가죽 위로 뼈의 형상이 그대로 보이는 이와, 바닥에 엎어져 거친 숨을 내뱉는 이들, 한 점 움직일 힘조차 없이 벽에 몸을 기대고 죽을 날만을 기다리는 이들도 있었다.

마치 물 한 모금 먹지 못하고 죽어가는 나무처럼 말라 비틀어져 가는 이들이 거리를 가득 채우고 있었다.

골목 전체가 번화가에서 버린 쓰레기들로부터 나온 오수로 질척거리고 있었다. 오수와 쓰레기, 시체와 썩어가는 것들로부터 엄청난 악취가 흘러나왔다.


얼마나 더 깊숙이 들어갔을까?

소년의 발걸음이 멈춘 곳에는 산에서 주워온 나뭇가지로 기둥을 세우고 누더기로 겨우 덮은 움막들이 모여 있었다.

소년은 그 앞에서 멈춰서 광주리를 내려놓았다.

"얘들아."

아까 전의 날선 그것과는 달리 제법 따뜻한 목소리였다.

"형?"

"진호 형이다."

"진호 형!!"

움막들에서 아이들이 뛰어나왔다.

대부분 이제 대여섯 정도 되어 보이는 어린아이였다.

하나같이 무척이나 꼬질꼬질해 걸레로도 쓰지 않을 헤진 옷을 입고 있었다.

　하지만 썩은 동태 같은 눈을 하고 있는 다른 빈민들과는 달리 아이들은 눈은 제법 반짝이고 있었다.

　소악귀라 불리는 소년, 진호는 달려오는 아이들을 보며 미소를 지었다.

　"형!!"

　아이 하나가 진호에게 안겨왔다. 열두 살로 개중 가장 나이가 많은 태일이었다.

　진호는 품에 안겨온 태일의 머리를 쓰다듬었다.

　아이들을 바라보는 그의 눈은 독기와 오기로 타오르던 아까와는 달리 따뜻한 빛을 띠고 있었다.

　품 안에 안긴 태일은 진호의 옷이 피로 잔뜩 물들어 있는 것을 발견했다. 게다가 자세히 보아하니 전신 곳곳은 상처로 가득 차 있었다. 태일의 인상이 순식간에 찌푸려졌다.

　"형, 괜찮아?"

　"이 정돈 별거 아니야. 태일아."

　"정말?"

　"응."

　진호는 걱정스러운 눈으로 상처를 바라보는 태일에게 가볍게 웃어주었다.

　"형. 아프면 안 돼."

　"내가 호오 해줄게."

　걱정스레 다가오는 아이들에게 진호는 대답 대신 소중히 품고 온 광주리를 앞으로 내밀었다.

"형은 정말 괜찮아. 그나저나 배고프지?"

"응!!"

"배고파!!"

아이들은 천진난만하게 답했다.

자투리에 반쯤 잔반이나 다름없었지만, 고급객잔의 것이니만큼 광주리에서는 제법 먹음직한 향이 풀풀 새어 나오고 있었다.

아이들의 눈동자가 더욱 반짝이기 시작했다.

"와!!"

아이들이 뛰어들어 광주리에 손을 뻗었다.

만두나 고기 조각, 다른 먹을 것들을 양손에 쥐고서 입안으로 밀어 넣는 아이들의 표정에는 기쁨과 행복이 가득 차 있었다.

진호는 그런 아이들을 바라보며 미소 지었다.

이 아이들은 몇 년 전 무한에 있었던 커다란 화재로 인해 부모를 잃은 아이들이었다.

나이가 어려 구걸조차 할 수 없는 아이들, 진호가 아니면 얼마 지나지 않아 모두 굶어 죽어버릴 수밖에 없는 아이들이었다.

부모의 얼굴조차 기억나지 않는 고아로서 이 지옥과 같은 빈민가를 아득바득 살아온 진호는 자신의 품에 안긴 이 아이들을 절대로 버려둘 수가 없었다.

"형! 형은 안 먹어?"

아이 하나가 진호에게 만두 하나를 내밀며 물었다.

"그래. 고맙다"

진호는 아이의 머리를 쓰다듬으며 그것을 받아 들어 입에 물었다.

만두는 식어 있었다.

하지만 그럼에도 만두피를 베어 물자 스며 나오는 육즙과 고소하게 볶은 다진 고기와 채소가 어우러져 더없이 입안을 행복하게 했다.

고작 이런 것들을 위해 아귀투에 뛰어든 사람들의 대부분은 얼마 못 가 죽게 될 것이다. 비록 목숨은 부지했다 하나 이 빈민가는 팔이나 다리 하나가 부러지고서도 살아갈 수 있을 정도로 만만한 것이 아니었다.

그래. 어떤 시각으로 보면 살아남기 위해 자신은 다른 이들을 죽인 것이다. 살아남기 위해 빈민가의 다른 이들을 밟고 넘어선 것이다.

"맛있지?"

태일이 고기 한 점을 우물거리며 밝게 물었다.

"그래. 맛있네."

진호는 만두를 한 입 더 베어 물며 예전에 들은 만두에 대한 고사를 떠올렸다.

만두는 애초에 사람의 머리를 대신하는 것이라고 했다. 진호의 눈은 만두에서 그 이상의 것을 보고 있었다.

“꼭꼭 씹어먹어. 형.”

“알았어.”

하지만 그럼에도 진호는 살아 나갈 것이다.

살아남아 꼭 행복해질 것이다. 좀 더 나은 삶과 행복을 위해 계속 걸어갈 것이다.

그리고 이 아이들의 행복도 지켜 나갈 것이다.

남은 만두를 입안에 털어 넣으며 진호는 그렇게 다짐했다.

第二章
단장 (斷腸)

팔황지로
八荒之路

무한의 성문은 언제나 인파로 붐비곤 했다.

무한은 호북 최대의 상업도시였고, 당연히 하루에도 셀 수도 없이 많은 사람과 물류가 오가곤 했다. 그런 이들이 처음 무한으로 들어서는 입구가 바로 성문이니 그 번잡함은 말로 굳이 표현할 필요도 없는 것이었다.

인파로 붐비는 것은 본디 당연한 일이었다.

하지만 오늘은 유독 더했다.

발 디딜 틈 하나 없이 사람들로 가득 차 있었다.

마치 인파로 이루어진 물결을 보는 것 같았다.

하나같이 같은 것을 보기 위해 사람들은 모여 있었다.

그야말로 장관이었다.

"자. 하나에 세 푼, 두 개에 다섯 푼이요."

"도팔아. 도팔아!!"

"지금 장난해!!"

"아니 지금 발을 밟은 게 누군데 소리를 높여!!"

용케도 한구석에 자리 잡은 노점상은 때 아닌 특수를 누리고 있었다. 인파 속에 손을 놓쳐 버리고는 소리 높여 아이를 찾아 헤매는 아낙도 있었다. 그리고 누가 발을 밟았는지를 놓고 서로 다투는 이들도 있었다.

"모두 길을 비키시오!!"

중후하고 커다란 목소리가 사방에 울려 퍼졌다.

정순한 내공이 실린 소리였기에 거리 구석구석 퍼져 나갔고, 사람들은 모두 그 소리에 놀라 길을 비켰다.

"오오!!"

"온다!!"

그때 사람들로부터 탄성이 터져 나왔다.

모습을 드러낸 이들은 말을 탄 일단의 무리였다.

하나같이 건장한 체구, 형형한 눈빛, 잘 정련된 기세를 갈무리한 푸른 무복의 무사들이었다.

청산의 푸른빛을 간직한 무복의 가슴 결에는 용사비등한 필체로 무(武)라는 금빛 수실이 수놓아져 있었다.

무라는 글자를 금빛 수실로 새기는 곳은 전 강호에서 단 하나의 세력뿐이었다.

그 세력의 이름은 무림맹, 모든 정파들의 힘이 집결된, 강호를 수호하는 힘의 이름이었다.

동호(東湖)에서 열리는 영웅대회를 맞아 무림맹의 무사들이 속속 모여들고 있었다.

좀처럼 보기 힘든 무림맹 무사들의 행진에 사람들의 입에서는 감탄사가 터져 나왔다. 아이들은 눈을 빛내며 꿈꾸듯 그들의 모습을 바라보고 있었다.

하지만 곧 다른 이들이 모습을 드러내자 그들에게 향하던 환호성은 일제히 방향을 틀게 되었다.

성문 안으로 들어온 이들은 윤기가 자르르 흐르는 명마 위에 올라 있는 여덟 명의 인영이었다.

어떤 이는 눈이 부시도록 새하얀 유삼을 입고 있었다.

그리고 어떤 이에게선 절을 지키는 사천왕상이 막 뛰쳐나온 것 같은 위압감이 터져 나왔다.

다른 어떤 이는 잘 벼려진 한 자루 명검을 보는 듯한 정련된 기세를 뿌리고 있었다. 그리고 마치 천상에서 내려온 선녀와 같이 아름다운 여인도 있었다.

공통적인 것은 여덟 인영 모두 이십대 정도로밖에 보이지 않았지만, 하나같이 일대종사의 풍모를 품고 있었다는 점이었다.

"팔성(八星)이다. 팔성이 나타났다!!"

어떤 이가 거리가 떠나갈 듯 소리를 질렀다.

"우와. 저 사람들이 팔성이구나."

"역시 무언가 빛이 나는데!!"

"당연한 소리. 강호 제일의 후기지수들이잖아!!"

곳곳에서 탄성이 터져 나왔다.

팔성이라 불린 여덟 인영은 그런 환호와 경의와 경외가 어린 시선이 무척이나 익숙한 듯 표정 하나 변하지 않고 묵묵히 말을 몰고 있었다.

그들은 구대문파와 오대세가라는 명문대파의 출신들이었다.

무림 최대의 세력과 전통을 자랑하는 고귀한 혈통과 강대한 비전을 이은 이들이었다.

하나같이 눈길을 끄는 선남선녀들이었고, 하늘이 내린 재능이라는 탄사를 받는 강호제일의 후기지수들이었다.

그야말로 강호에서 가장 주목받는 젊은 신성들이었다.


과거, 하늘을 보고 천기를 읽는 이들이 하나의 말을 남겼다.

곧 강호에는 암운이 닥친다. 그리고 그 암운은 여덟 하늘이 남긴 별에 의해 걷힌다.

여덟 하늘이 남긴 별. 그 말이 있고 나서 얼마 후 구파와 오대세가는 여덟 명의 초절기재를 얻게 되었다.

그들은 강호역사를 꼽아도 찾기 힘들 정도의 엄청난 근골과 재능과 오성을 가지고 있었다.

어릴 적부터 각 문파와 세가의 비전들을 마른 천이 물을 흡수하듯 빨아들이는 그 재능은, 인간의 것이라고는 할 수 없을 정도였기에 주변의 모든 사람을 경악케 했다.

그 여덟을 지켜보며 경악하던 강호의 이들은 아주 당연하게
도 하나의 말을 떠올렸다.

이들이 천기를 읽는 자들이 말한, 여덟 하늘이 남긴 별이라
는 것을.

그리고 그 말을 뼛속까지 믿게 되었다.

그리하여 그들은 여덟 개의 별, 팔성(八星)이라 불리게 되었
다.

그들은 어릴 적부터 벌모세수를 받고 각종 영약을 물마시듯
먹으며 전폭적인 지원을 받아왔다.

그리고 본신의 자질과 오성으로 그 모든 것을 완벽하게 흡
수하여 지금은 도저히 그 나이대로는 닿을 수 없는 경지까지
올라 있었다.

사람들은 그들을 최강의 후기지수라고 칭했지만 그들은 이
미 후기지수라는 범주로는 절대 가늠할 수 없는 경지를 밟아
나가고 있었다.


환호성 너머 한 객잔의 방 안에서 팔성을 바라보는 어떤 시
선이 있었다.

그 시선은 다른 이들과는 달리 질시와 다른 어두운 것들이
듬뿍 묻어나 있었다.

그들은 칠흑과 같은 검은 무복 위에 회색의 삿갓을 쓰고 있
었다.

"조장님. 임무 완수했습니다."

그때 한 사람이 방으로 들어왔다.

그는 아주 커다란 자루를 들고 있었다.

그 자루는 사람이 넉넉히 들어갈 정도로 컸다.

"입수했나?"

"그렇습니다."

그는 자루의 머리를 막고 있는 끈을 풀었다.

자루 안에는 놀랍게도 제법 커다란 덩치의 남자가 정신을 잃고 쓰러져 있었다.

"뒤처리는?"

"확실하게 했습니다."

"좋아."

조장이라 불린 이는 품속에서 서책을 꺼내 들어 펼쳤다. 그리고 한 사람의 이름에 줄을 그었다.

"이제 무한에서의 일도 거의 다 끝나가는군."

그 장에는 무한이란 지명에 다수의 이름이 적혀 있었고, 대부분은 줄이 그어져 있었다. 그리고 줄이 그어지지 않은 두 서넛 중에는 소악귀 진호라는 이름이 적혀 있었다.


저 멀리 거리 밖에서 소란스러운 함성이 들려왔다.

하지만 진호는 조금도 신경 쓰지 않았다.

진호는 호흡을 가다듬으며 정신을 집중했다.

그리고 집중을 유지하며 주먹을 뻗고 발을 힘차게 차올렸다.

팔꿈치를 굿고 어깨를 강하게 내딛었다.

강하게 진각을 내딛고 다시 허공에 주먹을 뻗었다.

날카롭게 허공을 가르는 바람소리가 골목을 스치고 지나갔다.

예전 이 빈민가에서 죽어가던 낭인에게 주먹밥 하나를 주고 배운 박투술(搏鬪術), 맹호박(猛虎搏)이었다.

호응하는 내공심법도 하나 없이, 단순히 열 개의 동작으로 이루어진 그야말로 삼류무공의 전형이었다.

문파나 세가, 하다못해 무관의 이들조차 거들떠도 보지 않을 삼류의 무공이었지만 진호에게는 더할 나위 없이 소중한 것이었다.

이것이 현재 그가 가진 유일한 힘이었고, 이것을 연마하고 정련하는 것이 그 힘을 늘리는 유일한 수단이었다.

그리고 그는 믿고 있었다. 과거 맹호박과 같은 삼류에 불과한 삼재검 하나로 낭왕(浪王)이라는 별호를 얻은 무인이 있듯, 자신 또한 쉬지 않고 노력을 게을리하지 않는다면 분명 그에 달할 수 있을 것이라고.

분명 진호가 익힌 맹호박은 삼류의 무공이다.

하지만 뭉툭한 나뭇조각도 깎고, 깎고, 깎다보면 바늘보다 날카로워지는 것처럼 최선을 다해 반복하고 다듬고 정련한다면 분명 일류의 그것에 달할 수 있으리라 진호는 믿었다.

그렇기에 살아남기 위해 먹을 것을 구하는 시간 이외에는 전부 수련을 거듭하고 있었다.

“후우, 숨차네.”

진호는 주먹을 거두며 호흡을 가다듬었다.

전신은 땀으로 범벅이 되어 있었다.

이틀 전 아귀투에서 전신 한가득 상처를 입은 것을 생각하면 다소 무리한 수련이었다. 덕분에 겨우 아물어가던 상처들이 터져 피가 흐르고 있었다.

상처가 욱신거리고 겨우 기워 놓은 옷이 시뻘겋게 물들어가고 있었지만 그에 신경을 쓸 시간은 없었다.

그에게는 조금도 낭비할 시간이 없었다.

아직 너무나도 부족하다는 것을 스스로가 제일 잘 알고 있었다.

더 열심히 해야 했다. 한 번이라도 더 주먹을 뻗어야 했다.

여기서 그 상처를 핑계로 게으름을 피운다 치면 다음엔 더 많은 상처가 생길 것이고, 어쩌면 그중 하나가 목숨을 가져갈지도 모르는 일이었다.

“썰렁하군.”

언제나 그리 시끌벅적한 일은 없었지만 오늘따라 빈민가는 유독 더 고요한 침묵이 내려앉아 있었다.

무림맹과 팔성의 행차를 보기 위해서였다.

진호 또한 팔성에 대해서 알고 있었다.

하늘이 내린 천고의 재능을 가진 여덟 후기지수.

혈통, 문파, 외모, 재능, 이런 모든 것을 타고난 그들을 사람들은 부러워하고 경의하고 경외했다.

질투보다 경외가 앞서는 것은 자신들이 절대 닿을 수 없는 높디높은 하늘이라 생각하기 때문이었다.

하지만 진호는 그리 생각하지 않았다.

자신이 가진 것을 극한까지 다듬는다면 분명 자신도 그들의 경지에 닿을 수 있다. 아니, 뛰어넘을 수도 있을 것이다. 진호는 그리 굳게 확신하고 있었다.

보장도, 보증해 주는 사람도 없었다. 다른 사람들이 안다면 비웃으며 손가락질할지도 몰랐다.

하지만 저들을 보며, '아 나는 저런 높은 하늘에는 닿을 수 없어' 라고 포기하는 것보다 진호는 한 번이라도 더 자신이 가진 힘을 가다듬고 정련하고 있었다.

"후우."

숨을 고르는 무렵. 진호는 문득 자신을 향한 시선을 눈치챘다.

움막 안에서 불만으로 가득 차 퉁퉁 부은 눈으로 바라보는 아이들의 시선이었다. 아이들은 팔성과 무림맹의 행차를 보고 싶다고 졸랐지만 진호는 허락하지 않았다.

수련을 하루도 거를 수 없는 것도 있었지만, 사람들이 너무 많이 모이는 자리로 가기엔 아이들이 위험했다.

인파의 파도에서 아이 모두를 보살피기란 힘든 일이었다.

이 험한 세상에 어린아이는 어떤 시각으론 쓸모없는 존재기도 했지만 또 한편으로는 수요가 많고 쉽게 사고 팔 수 있는 물건이기도 했다.

하지만 저렇게 눈물을 글썽이며 아쉬워하는 것을 보니 진호
도 썩 마음이 편치 않았다.

'좋아.'

진호는 고개를 끄덕이더니 골목 밖으로 나갔다.

아이들을 달랠 무언가를 가져오기 위해서였다.


진호는 식량과 아이들을 달랠 간단한 먹거리를 구하기 위해
밖으로 나왔다.

아귀투가 열리지 않는 날은 거리를 돌며 객잔들로 가 남는
음식을 구걸하거나 쓰레기통을 뒤져 그나마 멀쩡한 것을 찾아
야 했다.

안타깝게도 정상적인 일거리를 구할 수는 없었다.

무한은 호북에서 제일가는 커다란 도시였다. 그만큼 도시
내에 거하는 사람의 수도 많았고, 일자리를 구하기 위해 오는
사람도 많았다.

즉, 이곳에서 노동력이라는 자원은 너무나도 쉽게 구할 수
있는 것이었다. 사용 가능한 멀쩡한 노동력이 많은데 굳이 빈
민가의 이들을 고용할 만큼 정신이 나간 이는 없는 것이다.

수상하기 짝이 없고, 언제 도망갈지도 모르는 이들을 쓸 이
유는 조금도 없었다.

그렇기에 이 도시의 어떤 일자리에서도 빈민가의 이들은 소
외되어 있었다.

빈민가의 빈민들은 많았고, 그들에게 먹을 것을 줄 정도로

사람이 좋은 이들은 한정되어 있었다.

그런 상황에서 식량을 구하는 일은 원래 무척이나 힘든 일이었다.

그렇게 생각했지만 오늘은 운수가 좋은 날이었다.

"오늘은 장사가 아주 잘 됐으니까. 이 정도는 빼돌려도 티도 안 날 테니."

예전 우연히 안면이 있던 한 객잔의 요리장으로부터 자루 하나를 건네받았다.

손에 들린 자루는 제법 묵직했다.

자루 안에서는 식욕을 자극하는 고소한 향이 풀풀 새어 나왔다.

안에 들은 것은 끓는 물에 살짝 데친 후 센 불에 구워낸 돼지고기였다.

평소 땅에서 줍거나 쓰레기통에서 건질 수 있는, 반쯤 썩고 맛이 가버린 딱딱한 육포에 비하자면 이 자루 속 야들야들하게 연한 살결의 고기는 비교조차 할 수 없을 정도의 진미였다.

그리고 무엇보다 평소에 비교해서 몇 배는 양도 많았다.

"감사합니다."

진호는 꾸벅 고개를 숙였다.

"뭐. 감사할 것까지야. 예전에 네가 도와준 것도 있으니."

예전 한 달 월급이 통째로 담긴 그의 전낭을 훔쳐 달아나는 도수를 진호가 잡아준 적이 있었다. 그 이후로 그는 객잔의 주인의 눈치를 보며 적당히 음식을 빼돌려 주곤 했다.

하지만 평소엔 객잔의 주인이 워낙 깐깐하며 빈민이라면 치를 떨어 그리 자주 할 수도 없을 뿐더러, 양도 아주 적었다.

그러나 오늘은 달랐다.

무림맹과 팔성의 행차에 무한을 넘어 주변의 사람들이 몰려들며 그야말로 객잔이 터져 나갈 듯 장사가 잘 된 것이다.

객잔 주인은 지금 기쁨에 찬 환호성을 터뜨리며 객잔의 점소이들에게 좀 더 열심히 일하라고 닦달하고 있었다. 요리장에게서 시선이 돌려져 있었기에 조금 더 운신이 자유로운 것이었다.


그 일 이외에도 오늘은 유독 운수가 좋았다.

진호는 길가 구석에서 진흙과 흙탕물로 범벅된 작은 주머니 하나를 발견하고 주워 들었다.

진흙을 털고 흙탕물을 닦아내자 모습을 드러낸 것은 전낭이었다.

안에는 철전 몇 닢이 들어 있었다.

그리 많은 돈은 아니었다.

일반적인 가정이라면 하루 이틀 정도의 생활비 정도라 할까?

하지만 하루 한 끼도 못 먹어 죽어가는 빈민들에게는 무척이나 큰돈이었다.

아껴 쓴다면 적어도 사나흘은 먹을 걱정을 덜 수도 있었다.

"흠."

진호는 아주 잠깐 고민에 빠졌다.

하지만 고민은 얼마 가지 않았다.

그는 전낭을 들고 길가에 자리한 작은 좌판으로 갔다.

좌판에선 과일을 졸여 나온 액을 굳혀 만든 당과를 팔고 있었다.

과일 특유의 달콤한 향이 풀풀 풍겨 나오는 그것은 진호가 돌보는 아이들이 언제나 침을 꿀꺽 삼키면서도 차마 제대로 바라지도 못하는 것들이었다.

"뭐냐?"

척 봐도 입은 옷이 더럽고 전신이 꼬질꼬질한 게 빈민을 떠올리게 하는 진호가 다가오자 좌판의 상인은 바로 인상부터 찌푸렸다.

"구걸이라면 됐으니 당장 저리 꺼져."

그는 손을 휘휘 내저었다.

진호는 아주 잠깐 눈살을 찌푸렸지만, 금세 평정을 되찾았다.

이런 대우와 대접은 지금 그에게 있어 일상과도 같은 것, 이제 와 굳이 화내고 발끈하고 신경 쓸 필요는 없었다.

대신 전낭에서 철전을 꺼내 그에게 내밀었다. 서 닢. 안에 들은 것 중 대강 절반 정도였다.

"이걸로 가능한 만큼 당과를 주십쇼."

"응? 오오. 예. 얼마든지요."

돈이 내밀어지자 갑자기 말과 인상, 태도가 확 바뀌는 것을 보니 그는 아주 좋은 장사꾼이었다.

그는 재빨리 당과를 꺼내 진호의 손에 쥐어 주었다.

한 손에는 하루 배불리 먹을 수 있는 양의 돼지고기와 다른 한 손에는 당과를 잔뜩 손에 들고 진호는 즐겁게 골목으로 돌아갔다.

오늘도 여전히 어둡고 퀴퀴하고 냄새나는 거리였지만 진호의 기분은 무척이나 좋았다.

"모두들 좋아하겠지?"

이것들을 보였을 때 활짝 웃을 아이들의 얼굴이 떠올랐다.

언제나 먹고 싶어 하는 시선을 보지 못한 것이 아니었다. 다만 언제나 사정이 여의치 않았을 뿐이다.

진호의 발걸음이 점점 빨라졌다.


빈민가의 깊은 골목. 움막이 있는 곳에 거의 다 왔을 때였다.

"…아?!"

진호의 표정이 갑자기 급변했다.

"아악!!"

비명 소리가 골목을 울리고 있었다.

어른의 것이 아니었다.

귀가 째질 듯 울리는 고음은 아이들의 성대에서나 나올 법한 비명이었다.

그리고 그 비명은 형용할 수 없는 불길함을 담고 있었다. 그 목소리는 진호에겐 아주 익숙한 이의 것이었다.

"……!!"

진호는 땅을 박차고 뛰어나갔다.

그의 표정은 머릿속에 떠오르는 일을 억지로 지워내고 밀어내느라 평소와는 비교를 할 수 없을 정도로 일그러져 있었다.

골목길을 돌았다.

평소라면 원래 아주 엉성하지만 따뜻하고 소박하고 아늑한 움막이 보여야 하는 길.

그러나.

보이는 것은 평소와는 다른 모습의 지옥도였다.

아이들은 모두 쓰러져 있었다.

그리고 아이들이 뛰어놀던 땅바닥이 시뻘건 피로 흥건히 젖어 있었다. 아이들은 그 피로 만들어진 웅덩이에 고개를 박고 쓰러져 있었다.

조금의 미동도 없었다.

언제나 환하게 웃던 그 얼굴들은 하나도 보이지 않았다. 모두 고통에 신음하며 공포에 젖은 눈으로, 눈조차 제대로 감지 못하고 죽어 있었다.

"…형? 진호형……"

"태… 태일아!!"

진호는 자신을 보며 엉금엉금 기어오며 손을 올리는 태일의 모습을 보며 절규했다.

"나 아파, 너무 아파. 다른 애들 모두 죽어버렸어. 지키지 못했어. 미안해, 형. 미안해.”

피와 눈물이 뒤범벅된 얼굴로 진호를 향해 엉금엉금 기어오
려던 태일의 손과 발이 그 말과 동시에 힘을 잃었다. 지탱할
힘을 잃은 고개가 땅에 떨어지고 말았다.

“아아… 으악!!! 태일아!!”

진호는 손에 든 것들을 내팽개치며 달려갔다. 그리고 땅에
쓰러진 태일의 몸을 안아 들었다.

그의 몸은 아직 따뜻했다. 하지만 감긴 눈은 떠지지 않았고,
힘을 잃은 팔은 다시 들리지 않았다.

소중히 보살펴 온 아이들이었다.

언제나 자신에게 활짝 웃어주며 자신을 걱정하던 아이들이
었다.

아직 세상의 좋은 면을 제대로 겪어보지도 못한 어린아이들
이었다. 그런 아이들이 고통과 공포에 질린 눈으로 모두 죽어
있었다.

진호는 치밀어 오르는 격정과 분노로 머리가 새하얘져 버리
는 것 같았다.

“네가 소악귀라 불리는 진호인가?”

그때 갑자기 골목의 옆에서 한 인영이 나타났다.

검은 무복에 회색 삿갓을 쓴 그는 아까 전 팔성을 노려보던
이들의 조장이었다.

그에게로 시선이 향한 진호의 눈이 갑자기 시뻘겋게 물들어
갔다.

그의 손에 들린 칼에는 아직 굳지도 않은 뜨거운 피가 뚝뚝 떨어지고 있었다.

그 피가 어디서 나온 것인지 진호는 알 수 있었다.

"…네놈이 한 짓이냐?"

진호는 이를 바드득 갈며 씹어뱉을 듯 그를 노려보았다.

조장은 그 모습을 보며 입가에 미소를 머금었다.

"네가 소악귀로군."

"네놈이 한 짓이냐고 물었다!!!"

일반인이라면 엉덩방아를 찍어버릴 정도로, 살기와 독기로 범벅된 서슬이 퍼런 진호의 외침에도 조장은 그저 미소만 지을 뿐이었다.

"아아? 이 벌레들을 죽인 것? 그래, 나다. 내가 했다. 따라야 할 뒤처리를 미리 한 것이지."

그가 맡은 임무는 극도의 보안을 요하는 일이었다.

목표의 주변을 깨끗이 청소해 뒤따르는 잡음이 없게 하는 것은 아주 당연한 절차였다.

게다가 없어져도 아무렇지도 않을, 아니, 그의 입장에서 이런 더러운 빈민가의 벌레들을 치우는 것은 세상을 깨끗하게 하는 아주 좋은 일이었다.

"…그래. 네놈이구나."

진호는 태일의 몸을 조심스레 내려놓은 후 일어섰다.

"죽여주마. 반드시 죽여주마."

실핏줄이 모두 터지고 피부가 찢어질 정도로 주먹을 움켜쥐고 있었다. 진호는 땅을 박차고 뛰어 나갔다.

그리고 정면을 향해 주먹을 뻗었다.

맹호박에서 진호가 가장 심혈을 기울여 연습한 정권 찌르기. 맹호출격이었다.

단단하기 짝이 없는 사람의 두개골도 바스라 버릴 정도로 단단한 일격이 쇄도해 나갔다.

여태껏 그의 믿음을 단 한 번도 배신하지 않은, 노력한 만큼 그 성과를 보여주던 일격이었다.

하지만 그 일격은 마치 솜방망이를 찔러 넣은 것마냥 아주 살포시 상대의 손에 잡혀 있었다.

진호는 깜짝 놀라며 잡힌 손 그대로 들어가며 왼 주먹을 찔러 넣었지만 아무런 소용이 없었다.

"나쁘진 않군."

상대는 고개를 까닥거리는 것만으로도 주먹을 피해 버렸다.

눈앞에 있는 이는 진호로서는 상대조차 할 수 없는 고수였다.

그의 손이 어느새 진호의 가슴 결에 닿아 있었다.

그리고 그가 손을 살짝 비트는 순간.

"쿨럭!!"

진호로서는 경험해 보지 못한 경력의 파도가 몸 안으로 밀어닥치며 그를 내동댕이쳤다. 진호는 폭포수처럼 입안에서 피를 토하며 날아가 버렸다.

"…으윽."

전신 근육이 올 하나하나 찢어져 버린 것처럼 격통이 일었다. 몸을 일으키기조차 힘들었다.

하지만 진호는 다시 어떻게든 땅에 손을 집고 몸을 지탱해 일어섰다. 손이 후들거리고 다리가 비틀거렸지만 어떻게든 버텨냈다. 이렇게 쓰러질 수는 없었다.

"호오, 그걸 맞고도 일어서나? 역시 소악귀라 불릴 만하군."

한 방에 제압하려고 했던 생각이 빗나가서일까 조장의 입가에는 싸늘한 미소가 걸려 있었다.

그의 신형이 한순간 진호의 시야에서 사라졌다.

퍽.

그리고 그 신영이 나타난 순간. 뒷목에 강한 충격을 받으며 진호는 앞으로 쓰러져 갔다.

진호의 시야는 순식간에 어두워져 가고 있었다.

어떻게든 버텨 보려 했지만 무리였다. 그의 몸은 그의 바람을 배반했다. 의식이 날아가고 있었다.

몸이 서서히 기울어져 갔다. 벌써 땅바닥이 코앞에 있었다.

점멸하는 시야 속에 땅에 떨어진 당과와 고기가 들은 자루가 보였다.

자루가 터져 고기들이 모두 땅바닥을 구르고 있었고, 당과는 모두 진흙이 묻고 흙탕물로 더러워져 시꺼멓게 변해 있었다.

그리고 그 옆으로 쓰러진 아이들의 모습이 보였다.

아이들은 피를 흘리며 바닥에 엎어져 있었다.

아이들을 지켜주고 싶었다. 그들이 행복해지게 옆에서 돌봐
주고 싶었다. 그리고 이 세상을 같이 살아남고 싶었다. 하지만
이제 그럴 수가 없었다.

'미안하다, 지켜주지 못하고 갚아주지 못해서.'

그 마지막 생각과 함께 진호의 의식은 잠들어 버렸다.


"임무 완수했습니다."

조장이 쓰러진 진호를 자루에 담아 골목을 벗어났을 때, 그
의 부하들이 마차 한 대를 몰며 그를 기다리고 있었다.

제법 큰 마차였다. 앞쪽에는 사람이 탈 수 있는 공간이 있었
고, 뒤쪽에는 문이 따로 있었는데 짐을 수납할 수 있는 공간으
로 보였다.

"수고했다."

조장은 자루를 들고 걸어가 마차의 뒷문을 열었다.

끼익.

다소 녹이 슨 듯한 경첩음과 함께 문이 열렸다.

마차 안에는 이와 같은 자루가 열 개가량 놓여 있었다.

"역시 무한은 사람이 많아 할 일도 많군."

"그렇습니다."

조장이 낮게 웃자, 그의 부하들도 그 웃음소리에 맞춰 웃음
을 흘렸다.

조장은 진호가 들어 있는 자루를 마차 안에 던져 넣었다.

"이제 그곳으로 돌아가자."

“알겠습니다.”

조장이 마차에 올라탐과 동시에 달리기 시작한 마차는 얼마 지나지 않아 무한을 빠져나갔다.

第三章
반월도 (半月島)

덜컹, 덜컹.

진호의 눈이 서서히 떠졌다.

유난히도 흔들리는 진동에 딱딱한 물체와 정면으로 머리를
박은 탓이었다.

주변은 아무것도 보이지 않았다. 까끌하고 두꺼운 천이 눈
을 가로막고 있었다.

움직일 수도 없었다.

손과 발은 무언가 강하게 압박되고 묶여 있었다. 힘을 줘도
조금의 미동도 없었다.

입도 열리지도 않았다. 재갈이 물려 있었다.

무언가 포대 같은 것에 갇혀 있는 느낌이 들었다.

진호는 완벽하게 제압되어 있었다. 지금 할 수 있는 것은 그야말로 아무것도 없었다.

덜컹.

다시 주변이 흔들렸다.

'마차인가.'

진호는 주위를 흔드는 진동과 소음으로 자신이 갇혀 있는 곳을 파악했다.

그리고 그 진동은 아주 얇은 흙으로 묻혀 있었던 기억들을 흔들어 깨워냈다.

피와 진흙과 흙탕물로 범벅된 땅에 엎어진 아이들의 모습이 바로 눈앞에 있는 것마냥 생생하게 떠올랐다.

마지막 품에 쥐었던 태일의 아직 채 식지 않은 따뜻한 몸과 그 아이가 마지막으로 남겼던 미안하다는 말이 잊히지가 않았다.

'크윽.'

막혀 있는 입에서 침통한 울음이 흘러나왔고, 가려져 있는 눈에서는 뜨거운 눈물이 천을 잔뜩 적시고 있었다.

아귀투에서 입었던 어떤 상처보다도 깊은 아픔이 마음을 후벼파고 있었다.

그리고 떠오르는 것은 아이들을 죽인 회색 삿갓을 쓴 남자였다.

그가 아무렇지도 않은 표정으로 들고 있던 그 뜨거운 피가 뚝뚝 흐르는 검의 모습이 잊히지가 않았다.

'죽여 버릴 테다.'

입에 물린 재갈조차 갈아버릴 정도로 진호는 이를 꽈악 깨물었다.

잇몸이 터지고 피가 흘러나왔다.

격정과 분노와 슬픔에 머리가 마비되어 잇몸이 터져 나감에도 조금도 고통스럽지 않았다.

다만 가슴속 어딘가만은 불에 달군 인두를 들이대는 것마냥 계속해서 너무나도 아프고 고통스러웠다.

그렇게 진호를 실은 마차는 쉬지도 않고 어디론가 계속 덜컹거리며 나아갔다.


자루에서 나오게 되었지만 몸의 속박은 조금도 풀리지 않았다.

마차는 계속해서 나아가고 있었다.

방향조차 짐작할 수 없었다.

다만 하루에 하나씩 주는 육포의 양으로 시간만은 대략 감을 잡을 수 있었다.

지금은 무한을 벗어난 지 보름째 되는 날이었다.

진호는 아무것도 보이지 않았지만 이 마차 안에 자신 이외도 갇혀 있는 다른 이들이 있음을 눈치채고 있었다.

도대체 아이들을 죽이고 자신을 납치한 이들의 목적이 무엇일까? 생각해 보았지만 도저히 알 수가 없었다.

단순한 원한일 리는 없었다. 이렇게 복잡한 일을 저지를 정도로 그에게 깊은 원한을 가진 이는 떠오르지 않았다.

비록 소악귀라 불리며 많은 원성을 샀던 진호지만 그들은 원망했을 뿐, 진호를 증오하지는 않았다. 빈민가에서 살아간다는 것은 그런 것이었기 때문이었다.

그러면 도대체 이들의 목적은 무엇이냔 말인가?

진호는 몇 날 며칠을 그 생각만을 붙잡고 있었다.

아이들이 죽어가는 기억을 더 떠올렸다가는 정말 미쳐 버릴 것 같았다. 그럴 수는 없었다. 아직은 그럴 수 없었다.


덜컹.

마차가 멈추어 섰다.

그리고 문이 열리고 어떤 인영들이 들어와 마차 안에 들어 있던 진호와 다른 이들을 짐짝처럼 날랐다.

코끝에선 아릿한 내음이 스며들어 왔다. 이건 어물전에서 나던 그 코를 찌르는 냄새와 비슷했다.

'비린내. 그럼 설마 바다인가?'

진호의 예상대로 마차가 멈춘 곳은 바다를 접한 작은 항이었다.

평소에는 몇 대의 배가 언제나 정박해 있는 항이었지만 오늘은 그런 배들 대신 단 하나의 배만이 서 있었다.

커다란 배였다.

고기를 잡거나 간단히 뱃놀이 하는 작은 배가 아니었다.

그 길이만 족히 십 장, 너비는 이 장 가까이 되었다.

군함이라고 해도 믿을 지경이었다.

배의 선창은 무척이나 높았다. 안에 무언가를 싣기 위함이었다.

진호와 다른 이들을 수레에 담은 그들은 배 안으로 수레를 옮겼다.

그리고는 배 안의 창고에 모두 던져 넣었다.

모두 던져 놓음과 동시에 문이 굳게 닫혔다.

끼익.

빗장을 더하는 소리도 들렸다.

'윽.'

딱딱하고 축축한 선창 바닥에 머리를 박은 진호는 아릿한 고통에 눈을 찌푸렸다.

그때였다.

그의 손을 압박하고 있던 밧줄과 입에 물린 재갈, 그리고 눈을 가리던 천이 모두 사라졌다.

"어이. 정신이 좀 드오?"

"……."

진호는 대답 대신 주변을 돌아보았다.

진호가 있는 곳은 빛 한 점 들어오지 않는 어둡고 축축한 창고였다. 찍찍 거리는 쥐들의 소리가 들렸고, 꽤 많은 사람의 기척이 느껴졌다. 마치 지하의 감옥에 갇혀 있는 듯한 기분이었다.

"아직 정신이 덜 든 모양이군."

“당신은 누구십니까?”

시야에 들어온 이는 삼십대 정도로 보이는 다소 구수한 인상의 남자였다.

“그냥 당신처럼 영문도 모르고 여기 끌려온 사람이요.”

“……”

진호는 벌떡 몸을 일으켰다.

한동안 움직이지 않아 몸에 힘이 하나도 들어가지 않았지만 상관없었다.

진호의 시선은 방금 자신을 던져 놓고 굳게 닫혀 버린 문을 향해 있었다.

“그리 좋은 생각은 아니오. 며칠 전 열 몇 사람이 힘을 합쳐 그 문을 뚫고 나갔지만 그들 모두 반각도 지나지 않아 모두 목이 잘렸다오.”

그는 창고 한편을 가리켰다. 그곳에는 밧줄에 대롱대롱 매달린 무언가들이 걸려 있었다.

어둠에 눈이 점점 익숙해지며 그 무언가들의 모습이 뚜렷하게 보였다.

그것들의 정체는 사람의 머리였다.

경악과 공포, 고통으로 짙게 물든 채 생을 마친 사람의 마지막 얼굴이 거기에 걸려 있었다.

“본보기요. 그러니 당신도 섣불리 나가려고 하지 않는 것이 좋을 거요.”

진호는 주먹이 터져라 세게 쥐었다.

그의 말이 맞았다.

지금 격정에 못 이겨 문이라도 부수고 나간다고 한들 그것
은 뒤를 조금도 생각하지 않는 것이었다.

자신을 제압한 회색 삿갓의 무위를 떠올렸다.

진호는 조금도 그가 펼치는 수법을 당해내지 못했다. 아니,
짐작조차 할 수 없었다.

진호는 이를 악물고는 다시 자리에 앉았다.

"잘 생각했소. 아직은 좀 더 지켜볼 때라고 생각하니."

그는 진호의 어깨를 가볍게 두드렸다.

진호는 바닥에 앉아 주변을 둘러보았다.

창고는 넓었다.

아마 배 하부를 통째로 개조라도 해놓은 것 같았다. 하지만
그 창고가 좁을 정도로 사람 또한 많았다. 그 수가 족히 이백
은 훨씬 넘는 것 같았다.

진호는 이 공간에서 약간의 위화감을 느꼈다.

무한은 커다란 도시인만큼 사람이 무척이나 많았고, 사람이
많은 곳은 진호에게는 무척이나 익숙한 공간이었다. 하지만
무한에서의 그것과 여기서의 느낌은 다소 달랐다.

무언가 가득 차 있었다.

문득 바로 옆에 있던 남자에게 시선이 갔다.

그는 제법 구수한 인상을 하고 있었다.

하지만 진호는 그 남자의 눈동자 속에 갈무리된 예기를 눈
치챘다. 무언가를 가지고 있는 이들만이 품을 수 있는 눈빛이

었다.

그와 동시에 이 공간이 품고 있던 위화감 또한 알아낼 수 있었다.

정확하게는 모르겠지만 여기 갇혀 있는 이들은 보통 사람들이 아니었다.

그들은 거리에서 흔히 볼 수 있는 그런 평범한 느낌 대신 분명 자신만의 무언가를 가지고 있는 사람들이었다.

'하긴 나도 그렇지.'

자신 또한 그랬다. 진호는 무한의 뒷거리에서 소악귀라 불리고 있었다.

'도대체 뭐지?'

그런 사람들의 눈에 담겨 있는 것은 분명 공포의 편린이었다. 이런 이들조차 공포에 떨게 하는 이들이 노리는 바가 무엇인지, 무엇을 위해 이렇게 사람들을 가두어 두었는지 진호는 그 속셈을 도저히 알 수가 없었다.

하지만 그들의 속셈이 무엇이든 진호는 순순히 따를 생각이 없었다.

설사 자신을 사지에, 아니, 지옥의 구덩이에 몰아넣는다고 해도 기어올라 자신을, 그리고 아이들을 그렇게 만든 이를 대신 떨어뜨려 버릴 것이다. 진호는 그렇게 몇 번이고 다짐했다.

장호식이라고 자신을 소개한 후덕한 남자는 섬서 방면에서 꽤 유명한 사냥꾼이라고 했다. 열에 가까운 사냥꾼이 달려들어도 힘들다는 맹호를 혼자서 세 마리나 잡았었다고 했다.

그러다 어느 날 산에 올라 사냥감을 쫓고 있다 갑자기 나타난 이들에게 납치당했다고 했다.

그는 무척이나 가족들을 걱정하고 있었다. 다른 이들로부터 그들이 저지른 뒤처리에 관한 이야기를 들은 듯했다.

"죽여 버릴 테다. 모두 죽여 버릴 테다."

어떤 이는 눈을 시뻘겋게 뜨고는 문을 향해 계속 원념에 찬 말을 중얼거리고 있었다. 다른 이들에게 듣기를 그는 저 검은 이들에 의해 가족이 모두 불타 죽었다고 했다.

"자네는 무한에서 왔다고?"

"그렇습니다."

항해 중에 두 사람은 제법 많은 대화를 했다.

장호식은 사람 상대에 아주 능숙했고, 성격 또한 소탈해 그와의 대화는 턱 끝까지 차오르는 긴장과 분노를 어느 정도 풀어주고 있었다.

그는 이 창고 안의 많은 것을 알고 있었다. 사람들에게 편히 다가가 이야기를 하는 그의 모습을 보면 그 사실이 그리 이상하진 않았다.

"저기 저 군병은 운남에서 잡혀 왔다네. 저기 저 낭인은 요녕에서 잡혀 왔다지. 그리고 저 길잡이는 청해 출신이라고 했네."

운남과 요녕, 청해는 모두 중원의 지극히 변방이었다. 서로 거리만 족히 만 리도 넘게 떨어진 곳에서 사람들을 잡아오고 있는 것이다.

"거의 중원 전역에서 사람들을 납치하고 있는 거군요."

"그런 셈이지."

"도대체 무슨 속셈일까요?"

"나도 알 수가 없네. 어디에 쓰려고 중원 전역에서 사람을 납치해 온 건지. 설마 단순 인신매매나 단순 납치일 리는 없을 테고."

끼익, 철컥.

그때 무언가 둔중한 것을 들어 올리는 소리가 났다.

배를 고정하고 있는 닻이 올라가는 소리였다.

"배가 출발하는가 보군."

장호식이 중얼거렸다.

그의 말대로 얼마 지나지 않아 배가 물결에 흔들리며 나아가기 시작했다.


한편 떠가는 배의 선창 위에는 한 노인이 져 가는 해를 보며 서 있었다.

새하얀 장포에 잘 다듬은 새하얀 수염을 허리까지 기른 것이 인자하고 기품이 넘쳐 보였다.

그의 뒤에는 삿갓을 쓴 흑의 무복들이 잔뜩 부복해 있었다.

"모두들 수고했다. 목표들을 하나도 빠짐없이 모두 데려왔더군. 아주 잘해주었다."

"과찬의 말씀입니다."

노인의 치하에 흑의 무복들이 동시에 답했다.

"뒤처리는 잊지 않았겠지?"

"그렇습니다."

"이 일은 절대 잡음이 새거나 다른 세력들에게 흘러나가서는 안 된다. 절대 보안을 지키고 비밀이 새어 나가지 않게 목숨을 바쳐서라도 주의해야 할 것이다.

"알겠습니다!"

그들은 목소리를 높여 일제히 답했다.

"이제 그곳으로 가면 모든 준비가 끝나 있을 것이다."

노인은 수염을 쓰다듬으며 져 가는 석양을 바라보았다.

"그리고 저 재료들은 그 준비에 따라 기재들의 훌륭한 양분이 되겠지."

노인은 만면에 웃음을 머금었다.

"자, 서두르자. 그들이 기다리고 있다."

"알겠습니다."

배는 그렇게 항구를 넘어 어디론가로 계속 나아가고 있었다.


광주성 남단 뇌주(雷州)라는 항구에서 서남으로 뱃머리를 잡고 물길을 가르며 여섯 날을 나아가면 나오는 한 해역이 있었다.

그곳은 사시사철 한 치 앞도 분간키 힘든 자욱한 안개가 끼어 있었다.

　노련한 뱃사공조차 그 안개에 들어서면 시야를 분간할 수 없어 곤경에 처한다고 할 정도로 그 안개는 지독했다.
　그 자욱한 안개의 모습이 마치 짙은 어둠과도 닮았다 하여 야무해(夜霧海)라 불리는 그 해역은 사람들이 두려워하며 거의 접근하지 않는 바다였다.
　그 자욱한 안개 속에 자리 잡은 섬 하나가 있었다.
　그 생긴 모습이 반쯤 차오른 달과 같다 하여 반월도(半月島)라 이름 붙여진 섬이었다.
　본디 배가 거의 지나가지 않는 구역이고 사람이 살지 않는 곳이라 인적이 없는 섬이었다.
　하지만 얼마 전부터 그 섬에 사람의 모습이 보이기 시작했다.
　뱃사공들도 꺼리는 이 해역 안으로 아무렇지도 않게 들어온 그들은 반월도에 자리 잡고는 여러 가지로 손을 보기 시작했다.
　그로부터 얼마 후 커다란 배 두 척이 반월도로 들어왔다. 그리고 그 날부터 반월도 곳곳에선 비명 소리가 끊이질 않게 되었다.
　그 비명은 며칠 후 사라졌지만, 그 피와 귀기를 머금은 섬의 모습은 섬뜩한 불길함을 품게 되었다.


　눈초리가 무척이나 사나운 청년 하나가 창밖을 바라보고 있었다.

꽤 전망이 좋은 곳이었기에 창 근처에 서면 섬 구석구석이 보이곤 했다. 그의 시선이 닿은 곳은 깎아 내린 듯 그 높이가 수십 장은 넘어 보이는 언덕 위였다.

그 언덕 위에서는 흑색 무복을 입은, 흑영대(黑影隊)의 이들이 커다란 것들을 옮기고 있었다.

그들이 옮기는 것은 끝을 묶어놓은 회색 자루였다. 회색 자루 곳곳에는 시꺼멓게 변질된 검붉은 색이 잔뜩 번져 있어 무언가 섬뜩한 느낌을 풍기고 있었다.

"저번에 들어온 이들은 너무 싱거웠어. 뭐 별다른 반항조차 제대로 하지 못해서야."

"불평하지 마라, 천수광. 어차피 첫 번째 단계였다."

그의 말에 답한 것은 침상에 양손을 베고 누워 있는 황색 장포의 청년이었다.

표정 하나 드러나지 않는 그의 얼굴은 딱딱하기 짝이 없었고, 곧은 눈썹과 굳게 닫혀 있는 입은 마치 석상을 보는 것 같았다.

"흥, 그래서 어쩌라고? 불평도 네 허락을 구해야 하는 건가? 그런 건가? 대답해 보게나, 황보융 나으리."

천수광은 황보융의 말이 마음에 들지 않는 것인지 그를 향해 눈을 부라리며 으르렁거렸다.

"쓸데없이 확대해석 하지 마라. 나는 쓸데없이 너와 싸우는 것을 원치 않는다."

"하! 잘도 그러시겠죠."

"……."

천수광의 비꼼에 황보융의 시선이 날카로워졌다.

하지만 두 사람은 곧 서로 시선을 거두었다.

이 섬에서 사적인 싸움은 철저히 금해져 있었고, 그 규율을 어길 시에는 여러 가지로 피곤한 일이 생기곤 했다.

그것만 아니었더라도 저 재수없는 딱딱한 면상을 몇 번이고 후려쳐 버리고 싶었지만 어쩔 수 없이 참아야 했다.

천수광은 혀를 차며 다시 창밖을 보았다.

흑영대가 옮겨 쌓은 자루의 양은 거의 작은 언덕을 방불케 할 만큼 많았다.

그리고 그들은 그곳에 번들거리는 액체를 뿌렸다. 그들이 뿌린 것은 기름이었다. 기름을 충분히 뿌린 후에 그들은 자루 위에 불씨를 던져 넣었다.

기름을 듬뿍 머금었기에 불은 순식간에 자루 위를 번져 나가더니 그것들을 살라먹기 시작했다.

"잘도 타는군. 역시 쓰레기들을 담은 자루라 그런가?"

천수광은 불꽃이 언덕 위에서 활활 타오르는 것을 보며 차가운 미소를 지었다.

그들이 치룬 첫 번째 단계는 말 그대로 너무 싱거웠다.

무공이라고는 조금도 익히지 않은 이들을 쫓아 죽이는 것에 불과했으니 말이다.

너무나도 싱거운 일이었다. 칼질 한 번조차 제대로 막지 못해서야 오히려 이쪽이 짜증이 날 정도였다.

물론 사람을 죽여본 경험이 없는 몇몇 순둥이들이야 처음에 토하고 겁먹고 별 난리를 다 피웠지만 그들도 단계 말미에서는 아무렇지도 않게 사람들을 짓밟아 죽여 버리게 되었다.

"이제 곧 두 번째들이 올 시간인가?"

이 섬을 만들고 단계를 진행시키는 것은 흑영대의 임무였다. 그리고 그들은 이번 두 번째 단계는 첫 번째보다는 더 의미있는 시간이 될 것이라고 했다.

"이번엔 좀 격렬하게 발버둥 칠 줄 아는 놈들이 왔으면 좋겠군."

천수광은 창밖으로 안개가 자욱한 바다를 보며 중얼거렸다.


진호의 상태는 거의 최악을 달리고 있었다.

신경은 극도로 예민해져 있었으며 심장은 끝도 없이 쿵쾅대고 있었다. 머리는 돌을 얹은 듯 무거웠고 얼굴은 백지장처럼 창백했다. 속은 매스꺼웠고 계속해서 헛구역질만 해대고 있었다.

원인은 단순했다. 뱃멀미였다.

평생을 무한에서만 살아와 바다를 한 번도 본 적 없는 진호였다. 바다배를 타본 경험이 있을 리가 없었다. 그랬기에 미친 듯이 흔들리는 배의 진동은 진호에게 버티기 너무 힘든 고통이었다.

옆에서 진호를 돌봐준 장호식 덕분에 그렇게 사나흘을 고생하고 나서야 몸을 수습할 수 있었다.

"…큭."

진호는 커다란 그릇에 담긴 정체를 알 수 없는 검은 죽을 손으로 퍼 입에 집어넣었다.

검은 죽은 생긴 것만 시꺼먼 게 아니라 맛 또한 정말 최악이었다.

썩힌 건지 발효시킨 건지 구별도 되지 않는 역한 냄새는 한 입만 집어넣어도 구토가 절로 나올 정도로 독했고, 뒷맛 또한 흙이라도 집어넣은 것마냥 무척이나 쓰고 역했다.

무한의 빈민가에서 살아오며 쓰레기통도 뒤져 가며 겨우겨우 살아온 진호도 비위가 상할 정도로 끔찍한 맛이었다.

진호도 그럴 지경인데 다른 이들의 경우에는 봐주기도 힘들 정도의 죽상을 하고 있었다. 먹다가 토하는 이의 모습도 흔치 않게 볼 수 있었다.

하지만 하루에 한 번 나오는 먹을 것이 이 검은 죽밖에 없었기에 죽지 않으려면 어쩔 수 없이 먹어야 했다.

조금이라도 살아가고 힘과 체력을 유지하기 위해서라면 먹어야 했다. 구토가 나올 때마다 아이들의 얼굴을 떠올렸다.

억울하게 어린 나이에 져 버린 그들을 생각하면 쓰레기라도 먹어야 했고, 어떤 것이라도 먹을 수 있었다.

다행히 이것으로 배를 채우면 조금이나마 힘이 붙는 듯한 기분이 들었다. 완전히 먹지 못할 것은 아닌 듯했다.

그렇게 이삼 일 정도를 더 항해하던 배가 서서히 속도를 줄여 나갔다.

끼익.

흔들리던 배 하부에서 목재가 조여지는 듯한 소리가 들렸
다.

그리고 닻을 내리는 소리가 이어졌다.

사람들의 얼굴이 일제히 굳어졌다.

배가 드디어 멈춘 것이다.

이제 어떤 일이 벌어질 것인가? 사람들의 얼굴에는 긴장으
로 가득 차 있었다.

턱.

문을 막고 있던 빗장이 풀리는 소리가 들렸다.

그리고 그와 동시에 검은 무복을 입은 이들이 창고 안으로
들어왔다.

그들은 창고 안에 있는 이들을 밖으로 몰아 내리게 했다.

물론 그들을 보고 날뛰는 이도, 반항하는 이도 있었다. 하지
만 그 반항은 찰나도 지나지 않아 수그러들었다.

검은 무복들의 칼이 번뜩이고 반항하던 이들은 모두 목이
잘려 바닥에 엎어졌다. 순식간에 창고를 가득 메우던 웅성거
림이 사라졌다.

그리고 안 그래도 축축한 바닥은 그들의 몸에서 쏟아지는
시뻘건 피로 더욱 축축하게 젖어 갔다.

진호는 이를 꾹 악물고 당장에라도 뛰쳐나가려는 자신을 억
제했다.

참아야 했다. 어떻게든 참아내야 했다. 여기서 뛰쳐나가는

것은 그야말로 개죽음밖에 되지 않는 일이었다. 그리고 자신은 절대 그렇게 죽을 수 없었다.

배를 내려와 발이 닿은 곳은 새하얀 모래가 깔린 백사장이었다.

항구 같은 시설은 없었다. 그저 물길이 다소 약한 곳에 배를 대고 사람들을 내리게 한 것이었다.

진호는 고개를 조심스레 돌려가며 상황을 살펴보았다.

자신들이 타고 온 배 이외에도 또 하나의 배가 백사장에 뱃머리를 대고 있었다.

그리고 거기서도 사람들이 하나둘 백사장으로 내려오고 있었다.

백사장 건너는 오십 장도 시야가 미치지 않을 정도로 자욱한 안개로 뒤덮여 있었다.

바다 경험이 없는 진호도 저 안개로 자욱한 바다를 건너는 것이 결코 쉽지 않으리라는 사실을 알아챌 정도로 안개는 지독했다.

창고에 갇혀 있다 백사장에 내린 사람의 수는 대략 육백 가까이는 되어 보였다. 절대 적지 않은 수였다.

그러나 자신과 그들을 압박하고 있는 검은 무복의 수는 오십도 채 되지 않았다.

그럼에도 그들에게서 느껴지는 칼날 같은 기세가 사람들을 아무 반항조차 하지 못하게 찍어 누르고 있었다.

긴장과 공포로 물들은 시선들을 보니 다른 이들도 같은 것을 느끼고 있었다.

그들도 여기서 잘못 처신하는 것이 곧바로 죽음을 낳는다는 사실을 인지하고 있었다.

검은 무복들은 사람들을 몰아 앞으로 나가게 했다.

백사장을 지나니 바로 무척이나 우거진 숲이 나왔다.

녹음이 잔뜩 우거진 숲에서는 왠지 모르게 불길한 느낌이 나고 있었다.

"......!"

진호는 허리만큼 길게 자란 풀의 끝에서 익숙한 색의 편린을 보았다.

검게 변색되어 굳어가는 붉은 조각은 분명 혈흔이었다. 문득 고개를 돌려 본 나무의 뿌리 부분도 붉은색으로 물들어 있었다.

다른 이들도 이 숲이 군데군데 혈흔으로 물들어 있다는 사실을 눈치챈 듯했다.

분명 이 숲에서 무언가 좋지 않은 일이 벌어졌었다는 것을 진호는 알 수 있었다.

그리고 결코 이들이 자신들을 좋은 의도로 데려왔을 리가 없는 이상 저 피와 자신들의 미래가 관련이 없을 확률은 아주 적었다.

어디로 향하는지는 몰라도 앞을 이끄는 이는 직선으로 나아가지 않고 섬을 빙그르 돌듯 계속 옆으로 가고 있었다.

계속 모습을 드러내는 것은 산의 깊숙한 숲길이었다.

두꺼운 줄기를 자랑하는 나무들은 하늘 높이 솟아 있었고, 갖가지 풀들이 여기저기 잔뜩 자라나 우거져 있었다.

얼마나 풀이 많은지 땅바닥이 제대로 보이지도 않을 지경이었다.

이각이 넘게 걸어도 목적지는 나오지 않았다. 계속 숲길만을 걷고 있었다. 경사가 서서히 높아지는 것으로 보아 산의 위로 가는 것만으로 확실했다.

그동안 진호는 아주 주의를 기울이며 숲을 살펴 나갔다. 지금부터는 어떤 것이든 모두 눈에 담고 하나도 빼놓지 않고 기억해야 했다. 그렇게 그의 육감이 외치고 있었다.

수풀이 유난히 우거진 낮은 둔덕, 시야의 사각에 위치해 사람을 당황케 하는 구덩이, 자세히 보지 않으면 눈에 띄지 않는 작은 동굴, 그리고 언덕의 사각에 있는 두꺼운 나무 틈까지. 진호는 하나도 빼놓지 않고 지형을 머릿속에 집어넣었다.

숲은 익숙지 않았지만 지형을 기억하는 것은 자신 있었다.

그는 어릴 적부터 복잡하기로 소문난 무한의 뒷골목을 헤치고 살아왔었다.

힘이 부족해 목숨이 위험할 때마다 그는 언제나 골목길로 도망쳤고, 지형을 이용해 도망치는 그를 따라잡는 이는 아무도 없었다.

그리고 그 지형을 이용해 무리 지은 이들을 각개격파했던 사건들도 소악귀라는 진호의 악명을 날리게 해준 일 중 하나였다.

그렇게 한참을 걸어서야 수목으로 우거진 숲길이 끝나고 한 공터가 드러났다. 검은 무복을 입은 이들은 사람들을 그 공터로 몰아넣었다.

사람들은 불만 어린 눈으로 검은 무복들을 노려보면서도 어쩔 수 없이 공터로 들어갔다.

공터는 무척이나 넓었다. 육백이 넘는 사람이 들어가도 공간이 넉넉히 남을 정도였다. 그리고 공터 위에는 불쑥 튀어나와 있는 언덕이 있었다. 진호는 그 위에서 누군가 자신들을 바라보고 있음을 눈치챌 수 있었다.

하지만 눈을 찌르는 역광에 그들의 모습을 제대로 보지 못했다. 눈을 가늘게 뜨며 그들을 자세히 바라보려 할 때였다.

"반월도에 온 것을 환영한다. 너희들을 이곳으로 초대한 우리는 흑영대라고 한다."

귀를 울리는 웅혼한 목소리에 진호의 고개가 곧바로 돌아갔다.

아무도 눈치채지 못한 사이, 공터의 한 모퉁이에 있던 커다란 단상 위에 한 사람이 나타나 있었다.

한겨울에 내리는 눈처럼 새하얀 장포에 그보다도 하얀 수염을 허리까지 기른 얼핏 보면 신선과도 같은 풍모의 노인이었다.

하지만 사나운 맹수와도 같은 날카로운 눈동자는 사람들의 심혼을 자극하는 힘을 품고 있었다.

"너희는 중원 각 지역에서 생존 능력에 있어 아주 탁월한 재능을 가졌다고 알려진 이들이다. 사냥꾼, 고산 길잡이, 산적, 수적 다양한 방면에서 이름을 떨치는 이들이지. 그렇기에 우리가 아주 수고스럽게 너희들을 이곳까지 데리고 왔다."

노인의 목소리는 마치 귀 옆에다가 대고 말하는 것마냥 뚜렷하게 들렸다. 이것이 깊은 내공의 힘이라는 것을 진호는 알고 있었다.

예전 거리에서 어떤 고수의 사자후를 들은 적이 있었다. 커다란 거리가 쩌렁쩌렁 울릴 정도로 커다란 사자후였지만, 지금 노인의 것보다 힘이 실려 있지는 않았다.

"너희에게 바라는 것은 단 하나다. 살아남아라. 이 섬의 곳곳으로 숨어 어떻게든 살아남아라. 스스로가 가진 모든 것을 동원해 살아남아라. 만일 한 달을 살아남으면 너희를 모두 풀어주도록 하겠다."

알 수 없는 노인의 말에 사람들이 웅성거리기 시작했다. 여기까지 자신들을 끌고 와 한다는 소리가 저게 뭐란 말인가? 몇 명은 죽일 듯 노인을 노려보고 있었고, 어떤 이는 계속 주위를 살피며 빠져나갈 기회를 노리는 듯 보였다.

쾅.

노인이 아주 가볍게 단상에 발을 굴렀다.

하지만 그 움직임에서 파생되는 효과는 절대 가벼운 것이 아니었다.

귀를 울리는 강한 파동에 공터를 감싸던 웅성거림이 일제히 잦아들었다. 마치 귀를 통해 전신을 부여잡고 흔들어 버리는 듯한 그런 파동이었다.

압도적인 힘의 행사에 바짝 굳은 이들을 지켜보는 노인의 입가에 차가운 미소가 걸렸다. 그는 얼굴 한쪽을 비웃음으로 일그러뜨리며 다시 입을 열었다.

"그리고 우리는 너희가 살아남는 데 있어 무척이나 도움이 될 선물 두 개를 주겠다. 먼저 한 달치를 담은 벽곡단이다."

흑영대가 사람들 사이를 돌며 모두에게 작은 주머니 하나씩을 주었다.

진호는 주머니 안을 열어 내용물을 확인했다. 알싸하고 씁쓸한 향이 도는 누런빛의 손톱보다 작은 단환이 주머니 가득 들어 있었다.

"안에 들은 벽곡단의 수는 딱 아흔 개. 한 달 동안 너희가 먹을 식량이다. 그리고 다음 선물은 이미 너희에게 주었다. 각각 몸을 살펴보아라. 예전과는 다른 활기가 돌고 있을 것이다."

그러고 보니 섬에 올라오고 나서부터는 이상하게도 몸 전신에 힘이 넘쳐흐르고 있었다.

전신을 강하게 압박하는 흑영대의 기세와 상황에 따른 긴장감에 전혀 깨닫지 못하고 있었지만, 노인의 말에 그것을 인식하고 나니 전신에 흐르는 활력은 깜짝 놀랄 정도였다.

'소혼차력단(燒魂借力丹)을 물에 개어놓은 죽을 며칠 동안 먹었으니 힘이 나지 않을 리가 없지.'

혼을 태워 힘을 빌린다는 실로 소름 끼치는 이름을 가진 소혼차력단은 강호공적으로 몰려 사라져 버린 어떤 문파로부터 갈취한 유산이었다.

그 비법을 연구해 양산하여 이들에게 먹인 것이다.

양산한 만큼 효과는 원본에 비교해 좋지 않았지만 그 단가는 십분의 일 수준도 되지 않았다.

그리고 그 첫 실험을 이들을 통해 하는 것이었다. 기재들의 훈련과 실험을 겸하는 일석이조의 방편이었다.

'……'

진호는 눈살을 찌푸렸다.

도대체 이들의 목적이 도저히 감이 오지 않았다.

하지만 분명한 것이 하나 있었다. 자신들을 바라보는 그들의 눈은 무한의 부유층이 빈민을 바라보는 것 이상으로 싸늘했다.

저것은 분명 같은 사람을 보는 시선이 아니었다.

아무렇지도 않게 밟아 비틀어 죽여도 조금의 가책도 느끼지 않는 벌레를 보는 시선이었다.

불쾌했다. 언제나 받아온 시선이지만 더욱 불쾌했다.

저 노인의 시선이 아이들을 죽인 회색 삿갓의 그것과 겹쳐지자 그 불쾌함은 증오를 살라먹고 더욱 불타올랐다.

진호는 주먹을 움켜쥐었다. 온몸에 넘쳐흐르는 힘 탓에 정말 주먹이 터져 버릴 듯 힘줄이 손 곳곳에 튀어 나와 있었지만 진호는 조금도 신경 쓰지 않았다.

문득 진호는 또 다른 시선을 느끼며 언덕 위를 올려 보았다.

역광이 가시고 언덕 위에서 자신을 바라보고 있는 이들의 신형이 시야에 들어왔다.

그들은 이십대 정도로 보이는 젊은 남녀였다. 하나같이 건장하고 얼굴에 윤기가 흐르고 있었다.

그리고 날카롭게 벼려진 한 자루의 검처럼 흉험한 기세를 풍기고 있었다.

높은 곳에서 바라보는 기분 나쁜 시선, 눈 속 깊은 곳에 자리 잡은 경멸 어린 그 감정에 진호는 짙은 기시감을 느꼈다.

'아귀투?'

그랬다. 진호가 느낀 기시감은 아귀투의 그것이었다. 무한의 번화가에서 겪었던 지옥도의 재림과 같은 그 사투의 기억이 진호의 머릿속에 떠올랐다.

하지만 이들은 자신들로 하여금 서로 싸우라고 하지 않았다. 아귀투와는 달랐다.

그 순간 진호의 눈에 들어온 것은 그들의 허리춤과 손에 들린 것들이었다.

검, 도, 창. 흉흉한 살기를 흩뿌리는 것들이 그들의 손에서 잔인한 빛을 발하고 있었다. 수없이 많은 노력으로 맹호박을 닦아온 진호는 그들에게서 느껴지는 기세가 절대 보통이 아니라는 것을 알 수 있었다.

그리고 그들의 시선에선 숨길 수 없는 진득한 살기가 느껴졌다. 진호는 그 살기 어린 시선에서 불현듯 무언가를 느끼고 깨달을 수 있었다. 그와 동시에 저 노인이 말하는 것이 무엇인지 알 수 있었다.

언덕 위에 올라가 있는 이들은 사냥꾼이었다.
그리고 이 공터에 모인 사람들은 사냥당하는 자였다.
저들의 손으로부터 살아남아 보거라. 노인이 말은 그것을
뜻하고 있었다.

진호가 얼굴을 굳히며 사람들의 동태를 파악하려 할 때였
다.
발을 구르는 소리와 함께 언덕에서 누군가가 뛰어내렸다.
다섯 장, 아니, 여섯 장은 더 되어 보이는 높은 언덕이었지만
그는 나무 몇 개를 밟으며 아주 가뿐히 아래로 내려왔다. 입이
절로 벌어질 만한 상승의 신법이었다.
그의 속셈은 아주 단순했다.
그는 이제 슬슬 이번 단계가 시작될 것이란 걸 알고 있었다.
그렇기에 그 시작의 신호가 울리기 전에 이들의 마음에 작은
파문 하나를 더 던져 놓고 싶었다.
그들의 표정에 공포가 담기는 것을 보고 싶었다. 그래서 이
들과 자신의 상하관계를 확실히 인지하게 해주고 싶었다.
그리고 가장 무서워해야 할 상대가 자신임을 확실히 가르쳐
주고 싶었다.
일단 셋. 그는 셋 정도의 목을 순식간에 날려 버리기로 했
다.

그리고 하필이면 그가 달려오는 방향에 제일 먼저 위치한 이는 바로 진호였다.

진호는 그가 발을 박차는 소리를 들었다. 그리고 그 소리에 진호가 고개를 틀었을 때 그는 꽤 높은 언덕을 아주 가뿐히 내려온 후 진호가 있는 방향을 향해 맹렬히 달려왔다.

그 모습을 보며 진호의 뇌리로 불길한 예감이 스쳐 지나갔다.

그 순간 진호와 그의 시선이 마주쳤다.

그의 눈은 붉은 살기로 번들거리고 있었다.

뒷목이 서늘했다. 싸늘한 살의가 주변을 압박하고 있었다.

그리고 그 순간 진호는 바로 옆으로 몸을 날렸다.

그와 동시에 검이 바람을 가르며 닥쳐왔다. 그 빠름은 마치 한줄기 뇌전과도 같았다.

그의 검이 향하는 곳은 바로 진호의 목이었다. 번개가 내리치듯 순식간에 검이 다가왔다. 그 무시무시한 쾌속은 당장에라도 목을 꿰뚫어 버릴 것 같았다.

지익.

진호는 아슬아슬하게 그의 검을 피할 수 있었다. 물론 완전히 피하기에는 그의 검이 너무나도 빨랐다.

하지만 분명한 것은 진호의 재빠른 판단이 없었다면 분명 목이 떨어졌을 거란 사실이었다.

오른팔 상완이 길쭉하게 베여 있었다. 다행히도 상처는 그리 깊지 않았고 출혈 또한 크지 않았다.

주저없이 몸을 날린 진호의 이마에는 식은땀이 흐르고 있었다. 원래라면 피할 겨를도 없이 그대로 죽었을 터였다. 하지만 노인의 말대로 온몸에서 흘러넘치는 활력이 발을 박차는 속도를 더해 주었다.

그리고.

'그 공격을 보지 않았다면 힘들었겠지.'

회색 삿갓과 맞서 싸우며 그 공격을 직접 당해보고 그 빠르기를 본 적이 있었기에 지금의 일격 또한 피할 수 있었다.

만일 체험해 보지 못했다면 분명 자신은 지금 목숨을 잃었을 것이다. 진호는 재빨리 자세를 수습했다. 어떤 일이 더 벌어질 지 알 수 없었기 때문이었다.

한편 진호를 격살하지 못하고 허공에 헛손질을 한 청년의 얼굴은 말로 표현하기도 힘들 정도로 일그러져 있었다. 소혼차력단을 먹었다고는 하나 어차피 무공도 제대로 익히지 못한 벌레에 불과했다. 그런 벌레가 자신의 공격을 피했고, 자신은 그런 벌레 하나 제대로 죽이지 못하고 허공에 춤이라도 추듯 헛손질을 한 것이다.

청년의 눈이 더욱 날카로워지며 쓰러진 진호를 향해 손을 쓰려 할 때였다.

"거기까지 하시지요, 천수광 공자."

"실례하겠습니다."

노인의 말과 동시에 흑영대의 이들이 천수광의 앞을 가로막았다.

"이게 무슨 짓입니까, 흑영대주."

검로를 가로막힌 천수광은 노기에 찬 시선으로 앞을 가로막은 흑영대를 잠시 노려보다 단상 위의 노인, 흑영대주에게로 격정의 방향을 틀었다. 그의 눈에는 삭히지 못한 분노와 번들거리는 붉은 살기가 가득했다.

'여기 모아 놓은 기재 중 타고난 천품은 손꼽히지만 성품은 역시 엉망이로군.'

하지만 흑영대주는 눈에 띄지 않을 정도로만 얼굴을 찡그렸을 뿐 이내 평온한 표정으로 천수광과 시선을 마주했다.

"이건 넓은 들판에 나온 쥐새끼를 박멸하는 상황이 아닙니다. 숲 곳곳에 숨은 쥐들을 찾아 처리하는 법을 익히는 상황이지요. 그것을 명심해 주시기 바랍니다."

천수광은 인상을 찌푸리며 주위를 둘러보았다.

어느새 그의 주변은 흑영대의 이들로 빼곡히 채워져 있었다.

언제라도 자신을 가로막을 준비가 되어 있는 흑영대를 보며 그는 더 이상 자신의 생각을 고집할 수 없다는 것을 깨달았다.

훗.

그렇게 판단하던 그의 귓가로 문득 비웃음 소리가 들렸다. 천수광의 고개가 획하고 그리로 돌아갔다.

웃음소리는 언덕 위에서 들렸다. 시작도 하기 전에 갑작스레 내려와 헛손질만 한 그를 비웃는 듯한 웃음이었다.

천수광의 얼굴이 더욱 시뻘게졌다. 피가 쏠리다 못해 이제

검어 보일 지경이었다.

"……."

천수광은 다시 고개를 돌려 자신에게 치욕을 준 흑영대주와 그 단초를 제공한 진호를 죽일 듯 노려보았다. 특히 진호에게 향하는 그의 시선에선 저릿저릿한 살기가 쏟아지고 있었다.

진호는 그 시선을 피하지 않고 마주 노려보았다.

천수광의 전신에서 발출되는 살기에 피부가 뜨끔거렸지만 상관없었다. 왜 자신이 시선을 피해야 하는가? 자신들의 사욕을 위해 아이들을 죽이고 사람들을 죽이는 놈들에게 기가 죽어 고개를 돌리는 것은 죽는 것보다 싫었다.

"이놈……!! 그 빌어먹을 눈깔을 감히 누구에게 들이대는 거냐!!"

천수광은 진호가 고개를 뻣뻣이 들며 자신과 시선을 마주하는 것을 도저히 용납할 수가 없었다.

"참으시지요. 이제 곧 시작을 알리는 신호가 울릴 것입니다. 쌓이신 것이 있다면 그때 하시면 됩니다."

천수광은 앞을 가로막는 흑영대를 죽일 듯한 시선으로 노려보았다. 하지만 이내 코웃음을 치며 검집 안으로 검을 밀어 넣었다.

"내 이름은 천수광이다. 기억해 둬라. 곧 너를 염라대왕 앞에 던져 넣을 사람의 이름일 테니까."

그는 진호를 향해 씹어뱉을 듯 말하고는 다시 언덕 위로 돌아갔다.

'천수광…….'

진호는 그의 이름은 속으로 중얼거렸다.

끝도 없이 깔아뭉개는 오만한 말투, 오물이라도 보는 듯 찌그러지는 불쾌한 시선, 자신들의 생각만 하는 끝없는 독선. 진호가 여태껏 살아오며 수도 없이 겪어오고 당해오며 치를 떨어온 것들이었다.

천수광과 저들의 욕심을 채워주기 위해, 그들이 원하는 바를 위해 아이들이 허망하게 죽었고, 이곳으로 납치된 사람들은 피눈물을 흘렸다.

하지만 천수광과 저들은 그것을 조금도 심각하게 생각하지 않을 것이다. 그들은 힘이 있고, 자신들은 힘이 없으니까.

오로지 그 이유 하나만으로 자신들이 이런 취급을 받아야 하는 것이다.

진호는 이를 갈았다.


천수광이 언덕 위로 돌아가고 얼마 후.

흑영대주는 사람들의 주위를 감싸고 있던 흑영대에게 시선을 보냈다. 흑영대는 그 시선을 받고는 옆으로 물러섰다.

그리고 흑영대주는 숨을 크게 들이켜더니 그대로 내공을 실어 소리로 내질렀다.

"자. 이제 도망치거라. 이 섬 곳곳에 숨어 그 구차한 목숨들을 유지해 보거라."

차가운 목소리와 함께 그는 시작을 알리는 듯 크게 발을 굴렀다.

커다란 소리가 마치 아귀투의 시작을 고하던 징소리와 같이 사방으로 울려 퍼졌다.

사람들은 그 소리와 함께 공터를 벗어나 숲 안으로 달려갔다.

조금이라도 시간을 벌어 도망칠 곳을 찾을 생각이었다. 가장 먼저 뛰어간 이들은 숲에 익숙해 보이는 이들이었다.

그들은 조금의 주저도 없이 뛰어가더니 순식간에 수풀을 헤치며 사라져 버렸다.

진호는 잠시 동향을 살펴보다 그 뒤를 따랐다. 제일 먼저 가는 것은 그리 현명한 판단 같지는 않았다. 앞에 무엇이 도사리고 있는지 알 수 없기 때문이었다.

숲으로 발을 옮기던 진호는 문득 살의가 담긴 한 시선을 느끼고 그리로 고개를 돌렸다. 한수광이 그를 노려보고 있었다. 그의 시선에는 질펀한 살의가 넘쳐흐르고 있었다.

진호는 고개를 돌리고 숲 안으로 들어갔다.

숲을 달리는 진호의 전신에는 힘이 넘쳐흐르고 있었다. 그들이 어떤 수를 썼는지는 몰라도 여태껏 이렇게 몸에 활력이 넘친 적은 없었다. 하루 종일이라도 달릴 수 있을 것 같았다.

"삼각, 딱 삼각의 시간을 주겠다. 그동안 알아서 이 섬 구석구석에 숨어들 보거라. 하지만 섬을 빠져나가겠다는 헛된 생각은 미리 접는 것들이 좋은 것이다. 맨몸으로 저 안개로 가득한 바다를 헤쳐 나가는 것은 이 섬의 그 어떤 이도 불가능한 일이니.”

수풀을 헤치며 뛰어가는 진호의 귀로 흑영대주의 중후한 목소리가 들렸다.

진호 또한 같은 생각이었다. 맨몸으로는 섬을 빠져나갈 수가 없었다. 배가 필요했다. 그리고 배를 몰 사람들도 필요했다.

하지만 과연 그것이 가능할까라는 의문이 들었다.

배는 분명 흑영대가 지키고 있을 것이다.

그들의 무력은 지금의 진호로서는 도저히 감당키 힘들었다.

한 명조차 상대하기 힘든 이들이 그야말로 도처에 깔려 있었다.

하지만 해야 했다.

살아야 했다.

살아가기 위해서는 어떻게든 해야 했다. 단상 위의 노인, 흑영대주가 한 달을 버티면 살려준다고 했지만 진호는 그 말을 믿지 않았다. 그런 조건을 지킬 이들이라면 아마 아이들을 죽이는 일을 하지도 않았을 것이다. 분명 모든 이를 죽여 살인멸구하려 들 것이 뻔했다.

그러기에 살아남기 위해서는 어떻게든 틈을 보아 백사장으로 내려가 배를 탈취해야 했다. 사람들을 모으고 힘을 합쳐야 했다.

숲을 내달리며 진호는 그렇게 생각하고 있었다.

하지만 얼마 지나지도 않아 그 생각이 너무나도 안이하기
짝이 없다는 사실을 깨닫게 되었다.

第四章
광기 어린 피의 향연

삼각이 지났다.

그와 동시에 진호의 뒷목으로 서늘한 기운이 달리기 시작했다.

무한의 뒷골목에서 언제나 진호를 구해주었던 육감이 갑자기 미친 듯이 경고를 발하기 시작했다.

조금 더 멀어지고, 조금 더 은밀히 몸을 숨기라고 했다.

조금이라도 방심하고, 조금이라도 현명한 판단을 하지 않는다면 그 즉시 죽을 수 있다 말하고 있었다.

"으악!!"

저 멀리서 비명 소리가 들렸다.

진호의 발이 더욱 바삐 움직였다.

진호는 느끼고 있었다.

천수광이 자신을 쫓아오고 있음을.

그는 진호를 향해 일직선으로 내달리며 중간에 보이는 모든 이들을 죽이고 있었다.

장성한 어른이 양팔에 품기도 힘든 거목이 빽빽하게 들어찬 숲이었지만 천수광은 거리낄 것 하나 없는 평지라도 내달리듯 수월히 신형을 날리고 있었다. 분명 상승이라고 불릴 법한 신법을 익힌 것이었다.

진호는 일단 판단을 굳혔다. 일단 몸을 숨길 곳이 필요했다. 현재 있어 가장 필요한 것은 은신처였다.

'빨리, 그리고 정확히 판단해야 된다.'

그렇지 않으면 목숨이 위험했다. 지금은 그야말로 작은 판단 하나조차도 목숨을 걸어야 하는 판국이었다.

진호는 머릿속에 담아 두었던 지형들을 순식간에 되짚어 보았다.

그러면서 진호는 골목길을 달리던 그 감각을 다시 떠올렸다.

분명 지금 달리고 있는 산악의 지형과 예전 진호가 살아왔던 무한의 뒷골목은 달랐다.

하지만 다르지 않은 것이 있었다. 조금이라도 판단을 잘못하면 목숨이 날아간다는 점이었다.

처절한 비명이 끊임없이 들려왔다.

본격적인 사냥이 시작된 것이었다. 자칫하다가는 진호 자신 또한 사냥감이 될 수 있었다.

아니, 벌써 천수광은 자신을 노리며 쫓아오고 있을 것이다.

그의 눈에 흐르던 질편한 살의를 보면 분명 자신을 쉽게 포기하지 않을 것이 뻔했다.

'여기서 죽을 것 같으냐!!'

진호는 이를 갈며 전력을 다해 앞으로 뛰어나갔다.

뛰어가는 얼굴로 억세고 빳빳한 풀들이 잔뜩 스치고 지나갔다. 그때마다 마치 날카로운 칼로 베인 듯한 상처가 생겨났다. 아릿한 통증이 뇌리를 지나쳤지만 조금도 신경 쓸 여유가 없었다.

진호는 이곳에서 어렵지 않게 갈 수 있으면서 쉽게 눈에 띄지는 않는 곳을 떠올렸다.

비명 소리가 가까이 오고 있었다.

천수광이 점점 다가오고 있었다.

망설일 시간은 조금도 없었다.

진호는 판단과 동시에 그곳을 향해 뛰어갔다.

진호가 목표로 삼은 곳은 언덕의 한구석에 위치한 작은 동굴이었다. 아니, 정확히 말하자면 언덕의 사이에 파인 구덩이였다.

바닥에 있는 것이 아닌 일장 높이의 언덕 사이에 파여진 구덩이는 무성한 덩굴과 암반 사이에 가려져 거의 눈에 띄지 않을 정도로 자연적으로 은폐되어 있었다.

진호가 눈여겨 봐둔 장소 중 가장 훌륭한 곳이었다. 솔직히 스쳐 지나가는 짧은 시간에 그 구덩이를 발견한 것은 거의 천운에 가까운 일이었다.

진호는 발을 서둘렀다. 비명 소리들이 점점 가까운 곳에서 들리기 시작했다.

솔직한 심정으로는 지금이라도 발을 멈추고 천수광과 맞서 싸우고 싶었다.

오직 힘만이 정의라며, 힘을 가지지 못한 이들을 죽이는 것을 땅을 기는 벌레를 밟는 것만도 신경 쓰지 않는 이들이었다.

양손으로 그 멱살을 휘어잡고 그 얼굴에 욕을 퍼부어 버리고 싶었다.

우리는 사람이지 벌레가 아니라고 외치고 싶었다.

하지만 지금 멈추는 것은 자살행위나 다름없다는 것도 잘 알고 있었다. 그렇게 죽을 수는 없었다. 그렇기에 진호는 증오와 격정에 이를 갈면서도 발을 멈추지 않았다.

수풀을 헤쳐 나갔다. 숨이 가빠오고 있었다.

아무리 저들의 말대로 활력이 전신에 흘러넘쳤지만 이각이 넘는 시간 동안 산길을 전력으로 달리고 있자니 허파가 박살나고 속이 쪼그라드는 듯한 고통이 밀어 닥쳤다.

"크악!!"

커다란 비명 소리가 들렸다. 여태와는 달리 거의 지근거리에 가까웠다. 이제 천수광이 코앞까지 다가온 것이었다.

'저기다!'

그와 동시에 진호는 아까 전 봐둔 곳에 달할 수 있었다.

비명 소리가 그친 후 발을 내딛는 소리가 천둥처럼 숲을 헤치고 진호의 귓가로 파고들었다.

타닥.

발소리가 점점 다가오고 있었다.

나무가 꺾이고 풀이 거칠게 뜯어지는 소리가 들리는 것이 발 하나하나에 담긴 진력이 보통이 아닌 것이 훤히 느껴졌다.

진호는 재빨리 주변에 있었던 흔적을 지움과 동시에 엉뚱한 방향으로 거짓 흔적을 만들었다. 그리고 그것이 끝나자마자 언덕으로 다가가 덩굴을 쥐고 올라갔다.

덩굴 주변에 자라난 날카로운 가시들이 옷을 뚫고 피부를 찌르고 들어갔지만 신경 쓸 시간이 없었다. 발소리가 점점 다가오고 있었다.

"윽."

가시가 잔뜩 자라난 덩굴을 실수로 잡고 말았다.

손바닥 전체에 따끔한 고통이 일었다.

진호는 이를 악물며 참아냈다. 덩굴을 잡고 지상에서 일장 가까이 언덕을 타고 기어오르자 과연 아까 보았던 대로 작은 구덩이를 찾을 수 있었다.

어떻게 파였는지는 정확히 알 수 없지만 딱 몸 하나가 들어가기 적당한 크기였다.

진호의 도박이 성공한 것이다.

진호는 재빨리 구덩이 안으로 들어가 몸을 숨겼다. 그리고 앞을 덩굴로 가린 후 흙으로 얇게 덮었다.

막 그가 처리를 끝냈을 때였다.

탁.

한 인영이 나무 위에서 언덕 아래로 뛰어내렸다.

"칫, 어디 갔지? 분명 이쯤에서 기척이 사라졌는데."

오만하고 차가운 목소리, 천수광이었다.

그는 피가 뚝뚝 떨어지는 검을 들고 주변을 돌아보고 있었다.

하지만 진호의 흔적을 좀처럼 특정할 수 없자 신경질적으로 땅을 발로 차더니 이내 주변에 검을 휘두르기 시작했다.

기를 잔뜩 머금은 검에 수풀과 나뭇가지가 허공으로 비산했다.

그러고도 씩씩거리는 품이 아직 화가 덜 풀린 듯한 얼굴로 그는 언덕 쪽으로 다가왔다.

진호는 숨을 죽였다.

물론 흙으로 앞을 덮고 덩굴로 그 위를 가렸기에 제대로 보이지는 않았지만 발소리가 다가오고 있다는 것을 그는 알고 있었다.

진호의 가슴이 격정과 흥분, 그리고 긴장으로 미친 듯 뛰고 있었다.

발견되면 그대로 싸우는 수밖에 없었다.

'이길 수 있을까?'

싸우고 싶다는 가슴속 깊은 곳의 외침과는 별도로 이성은 머릿속에서 차갑게 그와의 승산을 그리고 있었다.

하지만 도출되는 결과는 그저 개죽음뿐이었다. 부족했다. 아직은 그를 상대할 수 없었다. 그를 상대하기 위해선 무언가가 더 필요했다.

그렇기에 아직은 몸을 피하는 것이 최선. 진호는 그렇게 판단했다.

"으아아!"

천수광은 흥분과 분노에 휩싸여 시뻘게진 눈동자로 주변을 살폈다.

수풀, 나무 밑과 위쪽, 그리고 파인 지형이 없는지 살폈다.

자신에게 씻을 수 없는 치욕을 주고 감히 건방진 시선을 마주한 그 눈을 지금 당장 뽑아버리고 싶었다.

고통스러워하는 그 앞에서 눈알을 뭉개 버리고 최대한 후회와 격통에 몸부림치며 서서히 죽어가게 하고 싶었다.

하지만 어째서인지 이 주변에서 갑자기 진호의 흔적이 사라져 버렸다.

점점 가까워지던 천수광의 발소리가 갑자기 멈추었다.

진호는 숨소리마저 낼 수 없었다.

천수광의 발이 자신이 숨은 언덕 바로 앞에서 멈춘 것이다.

천수광은 그 아래에서 발을 멈추고 언덕을 바라보고 있었다.

"……"

그때 수풀의 한편에서 급히 달려간 흔적이 보였다.

"그렇군. 이 쥐새끼가 저쪽으로 도망갔군."

천수광은 이를 갈며 신형을 날렸다.

그의 신형이 바람같이 수풀을 헤치며 사라져 버렸다.

천수광이 사라진 언덕 아래는 지극히도 고요했다. 방금까지의 살벌한 긴장감은 온데간데없이 사라지고 없었다.

천수광이 보고 달려간 그 흔적은 아까 전 진호가 언덕의 구덩이에 숨기에 앞서 남겨둔 흔적이었다.

'제길.'

진호는 천수광이 신법을 전개해 사라지는 소리를 들으며 이를 악물었다.

'두고 보자. 절대 네놈들 마음대로는 되지 않을 테다.'


사람들이 무차별적으로 죽어 나갔다.

산을 잘 아는 산적도, 물길을 잘 아는 수적도, 사람의 마음을 읽는 재주를 가진 도둑도 있었지만 압도적인 힘의 차이를 당해낼 방법은 없었다.

물론 납치된 이들 또한 평소보다는 힘이 넘쳐흐르고 있기는 했다. 하지만 그건 마치 종이로 만든 이빨과도 같았다.

그 이빨은 그들에겐 박히지도 않는 장식품에 불과했다. 다만 조금 더 도망칠 수 있게 해주는 힘 정도에 불과했다.

그마저도 신속의 신법으로 자신들을 쫓아오는 적 앞에선 아무런 쓸모가 없었다. 그렇게 수없이 많은 비명들이 산속을 뒤덮었다.

어떤 이는 길을 헤매다 동굴에 숨었고, 어떤 이는 시체 속에 몸을 숨겼고, 어떤 이는 나무 밑에 땅을 파고 들어갔다.

하지만 추종술을 익힌 적들의 추적을 당해내지 못했다.

그들은 좀 더 날카롭게 숨을 곳을 찾아내지 못했고, 허술한 뒤처리를 남긴 이들은 하나같이 그날을 넘기지 못하고 목이 떨어져 버렸다.

가끔 그들에게 덤비는 이들도 있었다. 물론 촌각도 버티지 못하고 목이 떨어지기는 했지만.

그렇게 반월도에서 자행되고 있는 학살극은 점점 더 그 열을 더하고 있었다.


진호는 얼마 지나지 않아 몸을 숨겼던 구덩이에서 나왔다.

일단 마실 물이 없었다.

진호가 있는 구덩이는 동굴이 아니었다. 커다란 나무뿌리라도 뽑혀 나오며 우연의 결과로 생겨났을 작은 흙구덩이일 뿐이었다. 당연히 물이 나올 곳이 있을 리는 없었다.

물을 마시지 않고 버틸 수 있는 시간이 사흘도 되지 않는다는 것을 진호는 무한 뒷골목에서의 경험을 통해 잘 알고 있었다.

그리고 무작정 안에 머물 수도 없었다.

계속 숨어 있는 것은 도피에 지나지 않았다. 어떻게든 주변을 탐색하며 사람들을 찾고 정보를 수집하여 빠져나갈 방안을 궁리해야 했다.

지기 싫었다.

절대 그들의 생각과 속셈과 바람대로 당해줄 수는 없었다.

진호의 눈동자에 시퍼런 오기와 독기가 한데 뭉쳐 흐르고 있었다.

해가 지고 어두운 한밤을 틈타 구덩이를 나왔다.

물을 담을 주머니가 없었기에 죽은 사람의 신발을 벗기고 입고 있던 천으로 그 위를 묶어 물을 담는 주머니로 썼다.

다행인 일이었지만 산 여기저기에는 꽤 많은 물이 흐르고 있었다. 정말 가슴을 쓸어내릴 일이었다.

만약 물을 조달할 곳이 얼마 없다면 그곳만 지키고 있다면 자신들은 반드시 잡혀 죽는 것과도 다름없었기 때문이었다.

그리고 또 하나, 알아낸 것이 있었다.

밤에는 자신들을 사냥하는 이들의 모습이 거의 보이지 않았다.

비명도 거의 들리지 않았고, 그들이 움직이는 소리도 거의 들리지 않았다.

진호는 공터에서 있었던 일로 그 이유를 추측해 보았다.

아마도 그들 중 낮밤을 가리지 않고 열심히 섬을 뒤지며 사람들을 찾아다니는 이는 그리 많지 않은 듯했다.

분명 언덕 위에서 공터를 바라보던 이들 중엔 심드렁한 시선을 한 이도 있었다.

물론 진호는 자신의 추측을 무조건 신용하진 않았다. 그러나 분명한 것은 밤에는 저들의 시선이 줄어든다는 것이고, 그만큼 활동하기도 편하다는 것이다.

그렇지만 방심은 금물이었다.

밤에 나는 소리는 거의 삼백 장 밖에서도 훤히 들릴 만큼 치명적이었다.

조금이라도 방심하다가는 목숨이 날아갈지도 몰랐다.

천수광은 예외였다. 진호는 밤중에도 산을 쩌렁쩌렁하게 울리는 그의 신경질적인 고함을 몇 번이고 들었다.

그리고 종종 반쯤 폐허가 되어 있는 장소들을 발견하곤 했다.

진호는 알 수 있었다, 이 장소들은 천수광이 제 분에 못 이겨 분풀이를 한 곳이라는 것을.

서너 번 정도 들락거리니 구덩이가 더 이상 형태를 유지하지 못했다.

그렇다고 일장 높이의 언덕에 매달려 구멍을 보수하기는 힘들었다. 그럴 도구도 사정도 없었다.

그렇기에 진호는 구멍에서 나와 살펴 두었던 다른 은신처를 찾아 헤맸다.

구덩이처럼 그들의 눈을 완전히 피할 최적의 은신처는 없었다.

하늘 높이 솟아오른 나무로 기어올라 그 중간의 구석에 몸을 묶고 잠을 청하기도 하고 때론 적당한 구덩이 위에 시체를 올려놓고 몸을 숨기기도 했다.

땅을 기며 최대한 시선을 피하고 언제나 한 치 앞도 제대로 보이지 않는 밤에만 이동했다.

그렇게 진호는 꿋꿋이 살아남았다.

무한의 뒷골목에서 살아남으며 쌓아온 감각이 언제나 날카롭게 길을 제시해 주었다.

그리고 그 판단을 믿고 과감하게 행동했다.

또한 언제나 이동한 흔적을 세심히 지우며 뒤를 조심했다.

그랬기에 그는 단 한 번도 정면에서 적들과 조우한 적이 없었다.

옆을 몇 번 스쳐 지나간 적은 있었지만 모두 진호가 숨은 곳을 발견하지 못했다.

필사적으로 살아남으며 정보를 모았다. 산의 지형을 좀 더 정확히 머릿속에 집어넣으며 탈출로를 모색하고 그에 맞춘 방법들을 구상해 나갔다.


천수광은 신경질적인 얼굴로 산을 뒤지고 있었다.

잠조차 줄여가며 진호를 찾고 있었지만 그의 흔적조차 찾기 힘들었다. 그가 이 섬으로 와 배운 추종술을 총동원했지만 성과가 없었다. 죽지도 않았다. 흑영대는 아직 그가 죽지 않고 이 섬 안에 있다고 했다. 그저 자신이 아직 찾지 못했을 뿐이었다.

고작 해봐야 하찮은 벌레 주제에 자신을 이토록 짜증나게 할 수 있다는 것이 이해가 되지 않았고, 용납도 되지 않았다.

분을 참지 못해 씩씩대고 있는 그의 뇌리로 문득 어제 흑영대주가 다가와 건넨 말이 떠올랐다.

“소악귀를 찾는 데 애를 먹고 있다고 들었습니다.”

“소악귀?”

“천 공자가 찾는 진호의 별칭입니다.”

“재수없는 눈깔의 재수없는 별칭이로군요.”

“그를 쉽게 찾지 못한다고 너무 실망하지 마십시오.”

“…저를 놀리는 겁니까?”

“후후, 그럴 리가 있겠습니까? 그가 왜 무한에서 소악귀라 불렸는지 아십니까?”

“…모릅니다.”

“그 소악귀란 이름은 무한의 빈민가에선 꽤 명성이 자자합니다. 백 명이 넘는 적이 쫓아와도, 주변의 이들이 모두 타죽을 정도의 커다란 화재 속에서도, 그리고 거리를 뒤덮은 역병의 폭풍 속에서도, 주변의 모든 이가 죽어 나가도 그만은 살아남았답니다. 모든 이가 죽어 가는데 그 혼자만이 살아남는다. 불길함을 담아 악귀라 불릴 만하지요. 어떻게 생각하면 살아남는 데에 뛰어난 감각이 있는 건지도 모릅니다. 그렇기에 우리가 그를 이리로 데리고 온 것입니다.”

“……”

“그런 이까지 죽일 수 있게 되면 저희가 이 섬을 만든 보람이 하나 생기는 걸지도 모르겠지요.”

천수광의 시선이 한곳으로 향했다.

눈앞의 수풀 중 다소 구겨진 듯한 부분이 있었다.

그는 다가가 그 수풀을 손으로 만져 보았다.

꺾인 지 얼마 되어 보이지 않았다.

이 두 번째 단계를 진행하기 전 간단하게 들었던 강의가 생각났다.

흑영대는 이런 상황에서 적을 찾아내기 위한 대처법을 자신들에게 가르쳐 주었다.

그리고 물려도 아프지도 않을 벌레들을 섬 전체에 풀어놓았다. 이른바 교재와도 같았다.

천수광은 수풀 주변을 살피던 도중 한 부분의 흙이 다소 어지럽게 흩어져 있는 것을 발견했다.

주의 깊게 보지 않았다면 쉽게 발견할 수 없었겠지만 날카롭게 벼려진 그의 시선은 칼날같이 그것을 포착했다.

새 흙으로 보이는 다소 어두운 색깔과 겉의 것으로 보이는 밝은 것이 섞여 있었다. 분명 땅을 팠다는 증거였다.

"훙."

천수광이 코웃음을 쳤다.

그 옆에서 발자국을 발견한 탓이다.

급히 도망치느라 채 발자국을 지우지 못한 것이다.

아쉬운 것은 그 발자국이 자신이 쫓고 있는 그 망할 놈의 것이 아니란 것이다.

한마디로 이 땅 밑에 숨은 놈은 자신이 오매불망 바라는 그놈이 아니었다.

천수광은 망설임없이 검끝에 기를 모아 찔렀다.

땅은 고르지 못해 자갈과 커다란 돌투성이였지만 기를 머금은 그의 검을 막아설 수 있을 리가 없었다.

푸욱.

"컥!!"

바닥 안에서 낮은 신음성이 들렸다.

천수광은 땅바닥에 꽂은 검을 그대로 옆으로 그어버렸다.

살과 뼈를 베고 지나가는 깊은 손맛이 느껴졌다.

분명 치명상이었다.

"흥, 머리를 썼지만 그래 봐야 네놈들 따위가 내 눈을 속일 수 있을 것 같으냐."

그는 코웃음 치며 검을 뽑아 들었다. 검끝에 묻은 피가 비비 꼬인 그의 기분을 다소 풀어주었다.

이들은 하찮은 벌레들이었지만 꽤 여기저기 잘 숨는 편이었고, 그랬기에 한 마리씩 죽일 때마다 자신의 능력이 증명되는 느낌을 받곤 했다. 그리고 그 느낌은 퍽 나쁘지 않았다.

하지만 가슴속 깊은 곳에 자리한 분노는 아직 꺼지지 않았다. 미친 듯 타오르는 이 분노는 진호를 쳐 죽여야만 꺼질 것 같았다.

그가 검을 갈무리하며 등을 돌려 몇 걸음 옮겼을 때였다.

"확실히 마무리를 하지 않나? 왜? 실로 허술한 뒤처리로군."

뒤쪽에서 그의 신경을 긁는 소리가 들렸다.

그 익숙한 목소리의 주인은 굳이 보지 않아도 알 수 있었다.

그의 뒤에서 나타난 것은 황색의 무복을 입은 석상 같은 사내, 황보융이었다.

"큭. 무슨 상관이지? 굳이 보지 않아도 곧 죽을 게 뻔하다. 네가 뭔데 간섭하는 거지?"

천수광이 기분 나쁘다는 얼굴로 그를 노려보았지만 황보융은 조금도 신경 쓰지 않고 아까 전에 천수광이 검을 찔렀던 곳으로 다가왔다.

그리고는 땅바닥을 향해 주먹을 내질렀다.

쾅.

기를 머금은 그의 주먹이 땅바닥에 닿자 커다란 폭음과 함께 땅이 움푹 파였다.

그는 다시 한 번 다른 주먹을 휘둘렀다.

또다시 땅이 파였다.

그러자 땅속에서 한 사람의 인영이 드러났다. 그는 요녕 출신의 군인이었다.

놀랍게도 그는 그리 큰 부상을 입지 않았다.

이유는 단순했다.

그는 자신 위에 시체를 올려놓고 있었던 것이다 물론 팔 부근에 다소 부상을 입긴 했다.

하지만 절대 치명상은 아니었다.

요녕 출신의 군인은 천수광이 멀어지자 적잖이 안심하고 있었지만 갑자기 땅이 파이고 석상 같은 이의 얼굴을 마주하자 무척이나 놀라고 말았다.

그는 어떻게든 냉정을 찾으며 시체를 옆으로 밀어내고 품속에 갈무리한 단검을 찔러 올렸다.

하지만 무소용이었다.

황보융은 커다란 손을 뻗어 가볍게 그 단검을 부러뜨린 후 군인의 얼굴을 통째로 쥐었다.

꽈직.

썩은 통나무가 부서지는 소리와 함께 군인의 얼굴이 그대로 뭉개져 버렸다.

그는 외마디 비명을 남기고 명을 달리했다.

황보융은 그 남자의 시체와 옆에 밀려진 시체를 모두 들어 땅바닥에 내다 버렸다.

시체 두 구를 보자 천수광의 얼굴이 순식간에 일그러졌다.

"나중에 실전에선 이런 방심이 목숨을 위협하겠지. 흑영대주도 이런 방심을 없애기 위해 이 단계를 준비했다고 했다. 그 말을 무시해서 좋을 건 없겠지."

황보융은 표정 하나 변하지 않은 채 등을 돌리며 사라져 버렸다.

"빌어먹을."

천수광은 그가 사라지자마자 분한 듯 땅을 찼다.

기가 실린 그의 발길질에 땅이 움푹 파이고 흙과 박살 난 돌들이 사방으로 비산했다.

천수광은 황보융의 모든 것이 마음에 들지 않았다.

저 딱딱하고 조금의 변화도 없는 얼굴과 세상에서 자신이 가장 잘났다는 듯 짓는 저 눈초리하며, 자신보다 손톱만큼이지만 아주 약간 좋은 평가를 받고 있는 시선까지 모든 것이 마음에 들지 않았다.

"이번 단계엔 반드시 네놈보다는 많은 놈을 때려잡아 주지. 그래서 그 콧대를 완전히 뭉개주마."

천수광은 황보융이 사라진 곳을 노려보며 살기를 뿜었다.


이 섬에 온 지도 벌써 아흐레가 지났다.

이제 비명도 거의 들리지 않았다. 아주 간헐적으로 들리는 비명만이 이곳이 비일상으로 덮여 버린 인세의 지옥임을 증명해 주고 있었다.

점점 그들의 포위망이 촘촘해지고 있었다. 마치 누군가가 옆에서 교습이라도 해주는 것 같았다.

서서히 숨이 막혀오고 있었다. 어떻게 수를 내지 않는다면 며칠 더 버티지 못할지도 몰랐다.

그날 한밤중 조심스럽게 이동하던 진호는 아주 우연히 강호식을 만날 수 있었다.

그는 섬서 제일의 사냥꾼이란 명성답게 금세 산길에 대해 익숙해졌고, 남들보다 좀 더 수월히 지형을 파악하고 있었다.

그에게서 몇 가지 정보를 얻을 수 있었다.

이미 대부분의 사람들은 죽었다고 했다.

그가 목격한 시체만 삼백 구; 대충 지형을 생각해 보면 육 일밖에 지나지 않았지만, 지금쯤이면 대략 오백이 넘는 사람이 죽었을 것이라고 했다.

그의 말로는 몇몇은 갑자기 생겨난 활력을 과신해서 그들에게 덤벼들었다고 했다.

하지만 아주 당연하게도 십 초조차 제대로 버티지 못하고 죽었다고 했다. 심지어 그들은 장난스럽게 대처하고 있었는데도 말이다.

그리고 몇몇 지형에 대한 정보도 얻을 수 있었다. 실제로 그들이 주로 출몰하는 장소나 감시가 심한 장소들을 그는 몇 개나 파악하고 있었다. 진호 또한 파악한 정보를 그에게 건넸다.

그는 죽은 이들로부터 가져온 물건 몇 개를 건네주었다. 그중에는 손바닥보다 작은 단검도 있었다. 현재 있어 가장 필요한 물건 중 하나였다.

강호식은 살아남은 사람들을 찾아다니며 모으고 있다고 했다.

그리고 저들의 방심이 극대화되었을 때 남은 이들의 힘을 모아 배를 탈취하고 어떻게든 도주하겠다는 계획을 말해주었다.

그리고 모종의 신호를 정하기도 했다.

나뭇가지가 연달아 꺾여 있고, 줄기에 십자가 새겨진 곳이 있으면 그 주위에 숨어 있다는 신호라고 했다.

그리고 날짜와 시간을 암호 형식으로 새겨 혹시라도 과거에 새겨 놓은 신호를 보고 착각하는 일을 막아주었다.

진호는 그와 눈빛을 교환했다.

두 사람의 눈에는 서로 살아남아 이 섬을 빠져나가자는 굳은 결의가 담겨 있었다.

다음 날이었다.

야밤의 짙은 어둠을 이용해 조심스레 이동하던 진호는 나뭇가지가 연달아 꺾여 있고, 줄기에 십자 모양의 표식이 새겨진 나무를 보았다.

그것은 어제 강호식과 약속한 신호였다.

이 주변에 분명 그가 있는 것이다.

조심스레 주변을 돌아보았지만 아무도 보이지 않았다.

진호는 조심스레 주위를 살피며 기척을 찾아 나가기 시작했다.

그때였다.

어디선가 누군가의 목소리가 들렸다.

절로 등골이 서늘해지며 이마가 찌푸려지는 기분 나쁜 그 음색은 분명 익숙한 이의 것이었다.

그리고 그 너머로 고통스런 신음성이 들려왔다.

이 섬에서 신음성이나 비명이 들린다는 것은 단 한 가지의 경우밖에 없었다.

이 섬에 끌려온 사람들이 기재들에 의해 잡혔다는 것. 그리고 그 후 벌레를 가지고 노는 것마냥 유희를 즐기는 그들에게 고통 받고 있을 때가 전부였다.

그 반대의 경우는 단 한 번도 보지 못했다. 그런 귀납적 추론으로 지금 상황도 그러하리라는 것은 너무나도 쉽게 알 수 있는 사실이었다.

피해야 한다. 지금 저 소리가 나는 곳으로 가까이 가서 할 수 있는 것은 아무것도 없었다. 아니, 이런 야밤은 소리가 퍼져 나가는 범위와 속도가 상상을 초월한다. 그 소리를 감지할 이들이 진호로서는 생각하기도 힘들 정도의 수준까지 무공을 익힌 이들이라면 더욱 위험했다.

하지만 진호의 발은 자신도 모르게 그 방향으로 움직이고 있었다. 어떤 예감이 그의 발을 이끌고 있었다.

진호는 소리가 나지 않게 주의하고 또 주의하며 땅바닥을 기듯 그곳으로 향했다.

가까이 다가갈수록 들려오는 소리는 조금씩 커져 갔다.

"그래? 모른다고? 하! 내가 그 말을 믿을 것 같으냐?"

퍽.

"…컥."

둔탁한 소리가 들리고 숨이 막히는 듯 겨우 뱉어내는 신음 성이 뒤를 이었다.

둘의 소리는 모두 익숙했다.

진호는 입술을 깨물며 조심스레 앞으로 나아갔다.

그리고 살며시 수풀을 헤치자 두 사람의 모습이 보였다.

한 인영이 커다란 나무에 단단히 결박되어 있었다. 단단한 체격에 투박하고 순박해 보이는 강호식은 숨이 넘어갈 듯 헐 떡대고 있었다.

그의 입에는 재갈이 물려 있었다. 그리고 회미한 달빛 아래

비치는 그의 얼굴은 피가 흥건히 흘러내려 범벅이 되어 있었다. 찌그러든 종이처럼 일그러진 얼굴은 그가 힘들게 고통을 참아내고 있음을 알려주었다.

그리고 그 앞에는 비릿한 미소를 지은 천수광이 서 있었다.

"지금이라도 생각이 바뀌면 고개를 끄덕이라고."

"……."

"아주 매를 버는군. 그렇게 고통스레 죽고 싶은 거냐?"

강호식의 뺨을 손바닥으로 톡톡 치던 천수광은 한쪽 뺨을 씰룩거리며 불쾌함을 전신으로 표했다.

빠각.

무언가 부러지는 듯한 둔탁한 소음이 울렸다.

"큭."

재갈에 의해 억눌린 신음성이 흘러나왔다.

진호의 손에 잡힌 수풀이 잔뜩 구겨졌다.

하지만 나갈 수 없었다.

모습을 드러낼 수 없었다.

천수광의 뒤를 치고 포박된 강호식을 구할 수가 없었다.

천수광의 비릿한 시선이 주변을 스윽 훑어보고 있었다.

그는 노리고 있었다, 나무에 새겨진 신호와 흘러나오는 강호식의 신음성을 듣고 누군가 이곳으로 오는 것을.

그 모습에 진호는 깨달았다. 지금 나간다면 백이면 백 개죽음밖에 되지 못한다는 것을.

"네놈이 깔짝거리던 신호에서 진호 그 망할 새끼의 흔적을

봤어. 그러니 불라고. 내 말만 잘 듣는다면 여기서 살려줄 수
도 있어."

천수광은 이번에는 그를 구슬리듯 나름 자비를 담아 입을
열었다.

하지만 강호식은 눈을 부릅뜬 채 그를 노려볼 뿐, 어떠한 약
점도 보이지 않았다.

뻣뻣이 고개를 들고 자신을 노려보는 모습이 마음에 들지
않았는지 천수광은 연신 그의 뺨을 갈겨댔다.

짝, 짝!

메마른 소리가 한밤의 산을 울리고 있었다.

뺨을 때리는 소리가 점점 커져 가고 있었다.

애초에 저점(低占)이 무척이나 낮았던 천수광의 인내가 그
새 바닥이 나버린 듯했다.

그는 뺨을 때리는 것만으론 분이 풀리지 않는 듯 그의 배에
발길질을 하고 머리를 연신 나무줄기에 내려쳤다.

둔탁한 소리와 억눌린 신음성이 연달아 터져 나왔다.

"후우. 후우."

천수광의 눈이 점점 붉어져 가고 있었다.

"이놈들이 하나같이 나를 무시하려 드는구나. 그래. 좋아.
죽여주지. 네 소원대로 해주겠다."

그는 검을 뽑아 들었다.

그리고는 강호식의 오른팔에 그대로 찔러 넣었다.

"…큭."

살을 헤집는 격통에 강호식의 눈에는 고통의 물방울이 맺혔다.

뚝뚝.

검을 뽑아 들자 피가 팔을 타고 땅으로 떨어져 주변을 적시었다.

그리고 천수광은 잔인한 미소를 흘리며 이번엔 오른 어깨에 검을 찔러 넣었다.

그는 마치 벌레의 다리를 때며 언제 죽을지 지켜보기라도 하는 것처럼 쉴 새 없이 검을 찔러대고 있었다.

진호는 그 광경을 지켜보고 있었다.

눈을 돌리고 싶었지만 그럴 수 없었다.

알 수 없는 인력이 자신의 머리를 끌어당기는 것처럼 죄책감과 분노와 원한이 그의 머리를 붙잡고 놓아주지 않았다.

머리가 하얘질 것 같은 격통에 강호식의 눈이 반쯤 풀리자, 천수광은 다분 만족스러운 얼굴로 강호식의 입을 가로막은 재갈을 풀어주었다. 그리고 물었다.

"마지막 기회를 주마. 진호라는 그 망할 놈을 어디서 만나기로 했느냐? 그 수단은 무엇이냐? 알려주면 지금이라도 치료를 해주도록 하지."

마치 거절할 수 없는 제안을 한 것마냥 천수광의 표정은 득의만만했다.

"…다."

하지만 강호식은 고통으로 일그러진 미소를 지으며 작게 중

얼거렸다

"응? 그래. 드디어 네가 정신을 차렸구나."

"…다."

"좀 더 크게 말해 보아라."

하지만 고통에 지친 그의 목소리는 무척이나 작았기에 잘 들리지 않았다.

그래서 천수광은 허리를 굽히고 고개를 숙여 그의 입에 귀를 가져다 대었다.

그의 고개가 가까이 오자 강호식의 입가에 걸린 미소가 더욱 짙어졌다.

"이제 말해 보아라."

"싫다, 이 병신아. 내가 죽는 한이 있어도 너 따위에게 굴복할 것 같으냐?"

퉤.

그는 남은 힘을 쏟아부어 뱉어낸 말과 함께 그의 귓가에 침을 뱉었다.

귓바퀴에 피가 섞인 진득한 침이 닿고 강호식이 한 말이 귀를 넘어서자 천수광의 얼굴이 더없이 붉어졌다.

"감히 네놈 따위가!!"

고작 벌레에 불과한 놈이 자신을 우롱하고 모욕한 것이다.

정보? 그 따윈 필요 없었다. 이런 놈은 백 번이고 천 번이고 죽어 마땅했다.

천수광은 검을 들어 올렸다.

진호의 숨이 더욱 가빠졌다.

나가야 했다.

지금 나가지 않으면 강호식은 죽는다.

처음 배에 갇혔을 때부터 자신을 챙겨주었고, 이 섬에서도 살아갈 수 있도록 많은 정보를 가르쳐 준 그가 이렇게 죽어버리는 것이었다.

마침 천수광은 극도의 흥분으로 방심하고 있었다.

어떻게 될지도 모른다.

그는 자신을 막아서는 육감과 이성을 필사적으로 설득했다.

하지만 알고 있었다.

분명 지금으로선 어떤 방식으로 습격한다 한들 도출되는 결과는 그저 개죽음이라는 것을.

하지만 그럼에도 나서야 했다.

자신 때문에 천수광에게 그토록 모진 고통을 겪다 죽어가는 그의 모습을 차마 지켜볼 수만은 없었다.

그렇게 진호가 뛰쳐나가려 마음을 굳힐 때였다.

"……!!"

진호의 몸이 우뚝 멈춰 섰다.

강호식의 시선이 이쪽에 향해 있었다.

아니, 정확히 진호가 숨은 지점에 향해 있었다.

오랜 사냥꾼 생활로 닦아온 숲과 산에 대한 감각이 진호가 숨은 지점을 정확히 짚어낸 것이었다.

그리고 그는 눈짓으로 고개를 저었다.

나오지 말라.

그는 그렇게 말하고 있었다.

그리고 그의 눈은 웃음기로 살짝 휘어져 있었다.

진호는 왠지 모르게 그것이 뜻하는 바가 무엇인지 알 수 있었다.

살아남아라.

그는 그렇게 말하고 있었다.

슥.

허공에 치켜든 천수광의 칼이 사선으로 강호식의 몸을 가로질렀다.

"크윽."

한줄기 비명성을 남기며 그는 쓰러졌다.

그리고 그렇게 죽음을 맞이했다.

"퉤엣. 같잖은 벌레 주제에 감히 나를 모욕하다니."

천수광은 아직 분이 풀리지 않은 듯 그의 시체를 몇 번이고 밟고 발로 찼다.

그렇게 얼마가 지나고 나서야 겨우 화가 풀린 듯 씩씩대며 사라져 버렸다.

진호는 벌게진 눈으로 숨을 몰아쉬며 그가 사라지는 모습을 노려보고 있었다.

'반드시 죽여 버릴 테다, 반드시.'

진호는 다짐하고 또 다짐했다.

얼마나 주먹을 강하게 쥐었는지 손톱이 피부를 뚫고 들어가 피가 흐르고 있었다.

　진호는 이를 갈며 사라져 가는 천수광의 그림자를 몇 번이고 몇 번이고 노려보았다.

第五章
필사의 반격

팔황지로
八荒之路

“보고 드립니다. 교재로 반입한 육백삼십이 명 중 육백이십칠 명의 사망을 확인했습니다.”

흑영대주는 수하의 보고에 고개를 끄덕였다.

“열흘 정도 걸렸나? 생각보다 오래 걸렸군.”

“교재 개개인의 능력이 예상보다 뛰어났습니다.”

“하긴 그 와중에 무리를 모으는 이도 있었으니.”

섬 안에는 기재들 이외에도 흑영들의 시선이 지천에 깔려 있었다. 무리를 모으고 배를 탈취해 섬을 빠져나간다. 나름대로는 필사의 노력이었기지만, 이들의 눈에는 그저 발랑 뒤집힌 벌레의 허망한 발버둥으로밖에 보이지 않았다.

“해상의 상태는.”

"겨울이 다가오고 있어서인지 썩 좋지 않습니다."

흑영대주의 입가가 가볍게 비틀렸다.

겨울이 오면 이 섬은 출입이 무척이나 껄끄러워지곤 했다. 그렇기에 그전에 이번 단계를 끝내는 것이 바람직했다.

"이제 슬슬 끝내야겠군."

"그렇습니다."

"좋아, 남은 교재들의 위치는 파악하고 있나?"

"하나를 제외하고는 다른 흑영들이 모두 파악하고 있습니다."

"누구지?"

"소악귀라는 교재입니다. 대강의 위치만 파악하고 있을 뿐. 정확한 것은 특정하지 못했습니다."

"소악귀라."

흑영대주의 입가에 걸린 미소가 더욱 짙어졌다.

그는 천수광의 집착으로 인해 진호를 주의 깊게 보고 있었다.

확실히 재미있는 소재였다. 제대로 된 무공도, 제대로 된 신법도 없이, 이 섬에 대해 익숙한 것도 아니면서 단지 감각적인 판단과 대처만으로 기재들을 따돌리고 덩달아 흑영들의 시선까지 피할 수 있다니.

천수광에게 원한만 사지 않았더라도 한 번쯤은 데리고 가여러 가지를 실험해 보고 싶게 하는 소재였다.

하지만 이제 이번 단계를 끝내야 할 시간이 왔다.

“파악된 교재들의 위치를 기재들에게 전해라. 그리고 소악귀의 경우 흑영들로 하여금 그 위치를 집중적으로 찾게 한다. 그 후 파악된 위치를 천수광 공자에게 전달하도록.”

“알겠습니다.”


열흘 동안 벌어진 죽음의 축제. 그 지옥도의 편린 속에서 살아남은 이들은 진호를 제외하면 네 명에 불과했다.

하지만 그들조차 열하루의 해를 볼 수는 없었다.

필사적인 노력과 생존 능력으로 버텨온 이들이었지만 흑영으로부터 정보를 받은 기재들이 들이닥치자 너무나도 쉽게 목숨을 잃고 말았다.

이제 육백이 넘는 이 중에 살아남은 것은 진호 혼자뿐이었다.


“이 부근이라고?”

“그렇습니다.”

섬 지도의 한 지점을 가리키는 흑영의 말을 천수광은 못마땅한 눈으로 바라보았다.

“쥐새끼 같은 놈. 정말 잘도 도망 다니는군.”

흑영이 가리킨 것은 섬에서도 가장 수풀이 우거지고 지형이 복잡한 곳이었다.

“어떻게 하시겠습니까? 조금 더 기다리시면 흑영들이 더 자세한 정보를 가지고 올 겁니다.”

"…불."

"뭐라고 하셨습니까?"

"불을 지른다."

"……."

흑영은 만류하려 했으나 천수광의 눈을 보고는 입을 다물었다.

그의 눈은 시뻘건 광기로 가득 차 있었다.

비틀린 그의 심사를 이해할 수는 없었지만 지금 그를 건드려 좋을 것이 없다는 것만은 쉬이 알 수 있었다.

"바람이 이쪽으로 불 테니 분명 이쪽으로 도망칠 테지. 그럼 쉽게 발견할 수 있겠지."

천수광은 비틀어진 미소를 지었다.

'말릴 수는 없겠군. 불을 진압할 준비를 하는 게 좋겠어.'

흑영은 고개를 숙이며 자리를 떴다.


"제길. 불을 지르다니."

진호는 땅에 전해지는 열기에 깜짝 놀라 일어섰다.

언덕이 시작되는 부분에 생긴 작은 구덩이에 몸을 숨기고 있던 진호는 품을 뒤져 소지품을 확인한 후 주변을 살폈다.

바람이 동쪽으로 불고 있었다.

그리고 저 멀리 불이 다가오고 있는 것이 보였다.

동서남북의 사방 중 삼방이 불길로 막혀 있었다.

어쩔 수 없지만 한 방향으로 도망칠 수밖에 없었다.

진호는 달렸다.

최대한 빨리 불의 영향권에서 벗어나 안전한 곳에 몸을 숨겨야 했다.

삼방이 가로막혀 있었다.

십중팔구 의도적인 방화였다.

그렇다면 분명 어디선가 자신을 기다리고 있을 것이다. 그것을 어떻게든 피해야만 했다.

진호는 전력을 다해 뛰었다.

소혼차력단의 불길이 아직도 남아 그의 양다리에 힘을 보태 주었다.

하지만 진호의 예상보다 적의 움직임이 더 빨랐다.

"오랜만이군. 정말 보고 싶었다."

진호의 머리 위에서 비틀린 웃음소리가 들렸다.

진호는 인상을 찌푸렸다.

절로 기분이 더러워지는 오만한 목소리였다.

고개를 들어 상대를 보았다.

천수광이 특유의 째지고 날이 선 눈초리로 진호를 바라보고 있었다.

그의 눈동자는 살의와 광기로 일그러져 있었다.

"좋아. 아직 그 재수없는 눈깔이 그대로 있군. 그 눈을 뽑아버리길 이 몸이 얼마나 학수고대했는지 아느냐?"

"그딴 거 몰라."

진호는 재빨리 등을 돌렸다.

그리고 불길을 인접한 옆길로 도망갔다.

어차피 불의 영향권에서 완전히 벗어날 수 있는 길은 앞길, 즉, 천수광이 버티고 있는 곳밖에 없었다.

하지만 그 정면은 바로 사로(死路). 무조건 죽을 수밖에 없는 길이었다.

"큭큭. 바로 도망이냐? 쥐새끼처럼 도망밖에 칠 줄 모르는 거냐?"

천수광이 달아나는 진호를 보며 비웃었다.

그의 모습을 찾지 못했을 때야 어떻게든 자신으로부터 도망 갈 수 있었을 지도 모른다. 하지만 이렇게 그의 두 눈에 똑똑히 진호의 모습이 보이는 이상, 절대로 놓칠 리가 없었다.

"느긋하게 가지고 놀며 고통에 몸부림치고 제발 죽게 해달라고 빌게 해주지."

천수광은 신법을 전개해 진호를 쫓았다.

흘깃.

진호는 산을 달리며 뒤를 살폈다.

천수광이 무시무시한 속도로 쫓아오고 있었다.

자신 또한 소혼차력단의 힘을 더해 보통 사람보다 한 배 반은 빠르지 않을까 생각되었지만 그래봐야 어차피 뜀박질에 불과했다. 누누이 알고 있듯 천수광의 신법에 비할 바는 아니었다.

그렇기에 중요한 것은 달리는 도중 그가 검을 뻗을 시기를 알아채고 어떻게든 피하는 일이었다.

순식간에 다가온 천수광이 삼 검을 일수에 펼쳐냈다.

살의가 닥쳐오는 싸늘함을 느낌과 동시에 진호는 땅을 박차 옆으로 몸을 날렸다.

그의 검이 왼다리와 허리, 그리고 가슴결을 스치고 지나갔다. 옆으로 몸을 날린 진호는 곧게 선 나무의 몸통을 박차고 방향과 균형을 조절한 후 다시 앞으로 뛰쳐나갔다.

"…으득. 잘도 피하는구나."

다리를 베어낼 요량으로 휘두른 검을 진호가 그리 어렵지 않게 피하자, 천수광의 이마에 핏줄이 돋아났다.

"그래, 이래야 내가 그리 이를 간 보람이 있지."

호흡을 머금고 단전에서 기를 뽑아 올려 일순 용천에 쏟아 부었다. 단전에서 모인 기운이 폭풍처럼 용천에서 분출되며 그의 신형이 바람처럼 쏘아졌다.

'혼자 쫓아오고 있구나.'

진호는 필사적으로 주변을 살피고 있었다. 다행히 자신을 쫓아오고 있는 것은 천수광 혼자인 듯했다.

"크윽."

등이 뜨끔했다.

어느새 등의 아랫부분이 길쭉하게 베여 있었다. 순식간에 그를 따라붙은 천수광의 검이 그어놓은 상처였다.

'지독히도 빠르구나.'

검상과 함께 밀어닥친 경력이 진호의 발을 어지럽혔다. 진호는 다리가 꼬여 넘어졌다.

넘어지는 그를 보고 천수광은 미소를 지으며 발을 뻗었다.

넘어지는 즉시 그 다리를 뭉개 버릴 생각이었다.

하지만 진호는 한 바퀴를 넘어짐과 동시에 어떻게든 몸을 수습하며 앞으로 몸을 쏘아냈다.

운인지 의지의 산물인지는 몰라도 떠돌이 극단에서 할 법한 묘기에 가까운 움직임으로 균형을 잡고는 진호는 땅을 박찬 탄력으로 더욱 빨리 천수광의 간격에서 벗어날 수 있었다.

"큭큭. 좋구나. 그래, 달려라. 달려. 있는 힘껏 발버둥 쳐 보거라. 고작 그것밖에 할 수 없는 것이 쥐새끼만도 못한 네놈의 운명일 것이니까."

천수광은 전신에 진흙 범벅이 되어 달려가는 진호의 모습을 보며 미친 듯 웃고 있었다.

그리고 가지고 놀 듯 다가와 검을 휘둘렀다. 절대 치명상을 노리진 않았다. 어깨, 다리, 팔, 허리. 조금씩 말려 죽이려는 듯 상처만 늘려가고 있었다.

어차피 진호로서도 그 검들을 완벽히 피할 수는 없었다.

진호에겐 천수광을 따돌릴 만한 신법도, 공격을 피할 현묘한 보법도 없었다.

다만 어떻게든 치명상을 노리며 다가올 공격만 피해내 달아나는 수밖에 없었다.

진호는 필사적으로 달렸다.

'아직. 조금 더.'

정면으로 정정당당하게 싸우면 몇 초나 버틸 수 있을까? 진호가 아무리 머릿속으로 그려봐도 그는 삼 초도 버텨내지 못했다. 그런 그를 상대하려면 어떻게 해야 할까?

진호는 산을 도망 다니며 많은 시간을 고민했다. 그리고 결론을 내렸다. 이들을 상대하려면 단지 한가지의 방법만으로는 절대 안 된다는 사실을.

진호의 눈에 기광이 어렸다.

목적한 곳에 달한 것이다.

진호는 망설임없이 몸을 날렸다.

"응?"

천수광은 갑자기 진호의 신형이 사라지자 눈살을 찌푸렸다.

하지만 상관없었다. 이 주변에 진호가 있는 이상, 자신이 그를 놓칠 리가 없었다.

타닥.

천수광의 귀에 발소리가 들렸다. 진호의 것이었다.

"그쪽이구나."

천수광은 지체하지 않고 신형을 날렸다.

몸을 날린 그의 시야에 비틀거리는 진호의 모습이 보였다.

진호의 모습이 사라진 것은 앞이 조금 높은 둔덕이었기 때문이었다. 진호 또한 그것을 제대로 파악하지 못해서 넘어지기라도 했던 듯 다리를 절고 있었다.

그러면서도 어떻게든 빠져나가려는 모습이 허망한 발버둥으로 보여 천수광을 흐뭇하게 했다.

"……!!"

둔덕 아래로 발을 내딛으려는 천수광의 시야에 무언가가 들어왔다.

　발이 닿는 지점에 가시를 빛내고 있는 검은 광택의 암기들은 철질려였다.

　어디서 구했는지는 몰라도 꽤나 많은 수를 뿌려 놓고 있었다. 어떻게든 자신의 기동력을 깎아보려는 낮은 술책에 입가에는 절로 비웃음이 걸렸다.

　천수광은 허공에서 신형을 바로 잡았다. 상승의 신법을 익혔기에 가능한 수법이었다.

　'비천한 놈이 머리를 굴려봐야 이 몸에게 미칠 리가 없지.'

　입꼬리를 비틀며 땅에 다리를 디뎠을 때였다.

　휘청.

　"윽!!"

　갑자기 바닥이 푹 하고 꺼져 버렸다.

　조금도 예상치 못했기에 천수광의 신형이 일순 무너져 버렸다.

　그리고 그때였다.

　번쩍.

　무언가 낮게 찢어지고 터지는 소리와 함께 눈앞에 압도적인 광량이 쏟아졌다.


　"뭐… 뭐냐?"

　천광수가 균형을 잃은 순간 이미 진호는 무언가를 던지며 그를 향해 쇄도하고 있었다.

진호가 내린 결론은 한 가지 방법만으로는 천광수나 다른 기재들을 상대할 수 없다는 것이었다.

그렇기에 그들을 어떻게든 이기기 위해서는 많은 조건이 필요했다.

첫째, 혼자일 것. 둘 이상은 감당하기 힘들었다.

둘째, 방심하고 있을 것. 진지하게 전력을 다해 부딪쳐 오는 상대와 맞서기에는 전력이 너무 모자랐다.

셋째, 유리한 지형으로 끌어들일 것. 여태껏 산을 도망 다니며 수없이 많은 지형을 봐왔다. 그중에서는 분명 진호에게 승기를 가져다주는 지형이 있었다.

넷째, 그리고 자신을 믿을 것. 가장 중요한 것, 진호는 분명 자신이 해낼 수 있다고 믿었다. 자신이 가지고 있는 것을 믿었다. 그리고 그는 지금 기회를 얻었다.

천수광이 호기롭게 홀로 그를 쫓았다

그리고 압도적인 전력 차에 방심하고 있었다.

그렇기에 진호는 사력을 다해 이 둔덕으로 그를 끌어들였다.

그리고 죽은 낭인의 품에서 입수한 철질려를 바닥에 가득 뿌려 천수광이 발을 디딜 곳을 한정시키고, 미리 봐둔 지반이 약한 곳을 밟게 만들었다.

그리고 내공이 실린 디딤 발에 그가 균형을 잃자 강호식에게서 얻은 밝은 빛을 뿜어내는 화약통을 집어 던졌다.

마침 어둑해지는 저녁 무렵. 빛을 뿜어내는 화약통의 효과

는 극대화되었고, 천수광은 일시적으로 시야를 잃어버리고 말
았다.

그리고 이제는 진호가 닦아오고 정련하고 깎아온 일격을 먹
일 차례였다.

진호의 뇌리로 여태껏 수없이 연습한 맹호박의 초식들이 떠
올랐다.

그리고 그가 선택한 것은 하나. 가장 신뢰하는 정권 찌르기,
맹호출격이었다.

"크윽. 눈이!! 이 빌어먹을 벌레 새끼 따위가!!"

진호가 다가오는 기척을 느꼈는지 천수광은 막무가내로 검
을 사방으로 휘둘렀다. 눈이 보이지 않았기에 어쩔 수가 없었
다.

침착과 이성을 유지했다면 감각만으로 진호를 베어버릴 수
도 있었지만 지금 그의 머리는 고통과 분노와 격정으로 가득
차 그럴 수가 없었다.

하지만 그렇다고 해도 천수광의 검이 만만한 것은 아니었
다. 달린 눈은 없지만 서릿발처럼 뻗어오는 날카로운 검은 간
절히 피를 탐하고 있었다.

진호는 필사의 발걸음으로 그 검들 사이를 헤치며 권의 사
정거리 안으로 뛰어들었다.

눈앞에 천수광의 가슴이 보였다.

분명 내공으로 몸을 보호하는 이를 섣불리 쳤다가는 반탄력
에 오히려 몸을 상할 수도 있을 것이다.

하지만 진호는 자신의 권을 믿고 있었다.

그 믿음으로 닦아온 권을 뻗었다. 몸 안에 남아 있던 소혼차력단의 기운이 반응하며 주먹에 힘을 보태주었다.

'받아라!!'

진호는 이를 악물며 있는 힘을 다해 주먹에 힘을 집어넣었다.

여태껏 쌓여 왔던 모든 울분이, 분노와 격정과 비참함과 슬픔이 주먹에 녹아내렸다.

바람을 가르는 소리와 함께 진호의 주먹이 내달렸다.

하지만.

"감히 네놈 따위가 건드릴 분이 아니다."

진호의 권은 천수광의 심장에 닿지도 못한 채 허공에 멈춰 있었다.


진호의 주먹을 붙잡은 것은 흑영(黑影)이었다.

천수광의 심장을 단 두 치 남겨두고 목적을 이루지 못한 것이다.

진호는 갑작스런 상황에 당황하고 말았다.

눈앞의 성과에 상대가 다가오는지도 몰랐다.

주먹을 빼려 했으나 미동도 하지 않았다.

그리고 흑영의 발이 꿈틀거렸다.

퍽.

"큭."

그와 동시에 진호는 가슴에 격한 통증을 느끼며 바닥을 나뒹굴었다.

흑영의 각법에 가슴을 격타당해 날아가 버린 것이다.

각법과 함께 흘러들어온 경력이 전신을 휘저었고, 머릿속이 새하얘질 듯한 고통이 몰아쳤다. 하지만 고통에 몸부림칠 시간도 없어졌다.

"컥, 쿨럭."

진호는 검은 피를 토해내면서도 어떻게든 몸을 일으켰다. 그리고 전방을 주시했다.

"……."

하지만 어째서인지 흑영은 추가적인 공격을 하지 않고, 그저 진호를 노려보고만 있을 뿐이었다.

진호는 직감했다. 저 흑영은 지금 직접 손을 쓸 생각이 없다는 것을. 어째서인지 이유는 알 수 없었다. 하지만 그런 이상 시간을 지체할 까닭은 없었다. 진호는 그대로 등을 돌리고 달려나갔다.

진호의 가슴은 무력감과 자책, 그리고 타오르는 분노로 가득 차 있었다. 있는 힘껏 발버둥 쳤지만 정작 한 대조차 제대로 먹이지 못했다. 힘이 부족했다. 힘이 필요했다.

진호는 입술을 깨물며 발을 놀렸다.

어느덧 해가 지고 밤이 다가오고 있었다. 차가운 바람이 얼굴을 스치고 지나갔다. 그 바람을 타고 분함이 담긴 물방울 하나가 날리고 있었다.

시간이 지나고 그제서야 눈을 뜬 천수광은 자신의 옆을 지키고 선 흑영의 멱살을 바로 붙잡았다.

"어째서 놓아준 거지? 제대로 답하지 않으면 지금 당장 죽여 버리겠다."

천수광을 이를 갈며 죽일 듯 그를 노려보았다.

"흑영대주님의 명입니다. 만일 천 공자의 신변에 위협이 생긴다면 일단 천 공자의 보호를 우선하고 소악귀의 처분을 다른 기재들이 협동해서 처리하게 하라고 지시하셨습니다. 협동을 명하신 것은 마지막 남은 놈인 만큼 마무리의 의미도 있다고 하셨습니다."

"…으득. 나를 무시하는 건가?"

천수광은 의식이 그대로 나가 버릴 정도로 치밀어 오르는 격정에 주먹을 휘둘렀다.

펙.

그의 옆에 있던 나무가 산산조각 나며 부서져 버렸다.

그딴 벌레에게 한 방을 먹다니. 그의 머리는 분노로 가득 차 있었다. 비록 흑영이 일격을 막아줬다고는 하나, 진호에게 한 방 먹은 것은 불변의 사실이었다.

"반드시 죽여 버릴 테다, 반드시."

천수광은 분이 풀리지 않는지 계속해서 이를 갈고 있었다.

뒷목이 절로 섬뜩해질 정도의 살의와 귀기에 뒤에 자리한 흑영은 눈살을 찌푸렸다.

그때였다.

펑.

하늘 위를 색색의 불꽃이 수놓았다.

그 불꽃은 신호였다.

"저 쪽에 소악귀가 있을 것입니다. 지금이라도 가시면 늦지 않을 것입니다."

"…흥."

천수광의 눈이 기광으로 번뜩였다.

그는 전력을 다해 신법을 전개했다.


진호는 쫓기고 있었다.

한 명이 아니었다.

여러 명의 기재가 한꺼번에 그를 쫓고 있었다.

그들은 마치 구석에 몰아 놓은 짐승의 반응을 즐기듯 진호를 몰아넣고 있었다.

진호는 그 와중에도 그들의 의도를 이용해 필사적으로 한 곳을 향해 달려가고 있었다.

진호가 달려가고 있는 곳은 섬에서 가장 높은 곳에 위치한 절벽가였다. 그 절벽의 높이는 백 장을 훌쩍 뛰어넘었다. 아래에는 거친 바다가 용트림하고 있었다. 저 높이에서 떨어져 바닷물에 휩쓸린다면 어떤 고수라도 목숨을 부지하기는 힘들 것이었다.

진호를 쫓는 이들로서는 그가 스스로 막다른 길을 자초한다고 생각했기에 비웃음을 머금으며 그를 느긋이 몰아갔다.

어차피 이번 단계에서 마지막 남은 놈이었다. 서두를 필요는 하나도 없었다. 게다가 곧 있으면 천수광이 올 터였다.

다른 이들로부터 방금 천수광이 당한 망신을 전해 들었기에 기재들의 입가에는 묘한 기대감이 섞인 미소가 걸려 있었다.

그들은 친구가 아니었다.

우정 따윈 없었다.

모두 일종의 경쟁자였다. 적의는 넘치지만 사사로운 싸움을 금하고 있는 반월도에서 싸울 수 없었기에 이런 재미있는 사건이 그저 반가울 수밖에 없었다.

그렇게 진호는 절벽으로 몰려가고 있었다.

그리고 얼마 후.

모두가 예상한 대로 진호는 막다른 길에 몰렸다.

뒤에는 천장단애의 절벽. 떨어지면 반드시 죽음을 맞이할 수밖에 없는 죽음의 절벽이었다.

그리고 앞에는 모여든 기재들의 벽이 있었다.

정면에선 한 명조차 삼 초도 못 버틸 그들의 수가 열을 넘어 있었다. 누가 봐도 절망이라는 단어를 제외하고는 떠올릴 수가 없었다.

진호는 서서히 뒤쪽으로 발걸음을 옮기고 있었다.

얼굴에는 두려움이 걸려 있었다. 도망치고 싶지만 더 이상 불가능하다는 것을 깨닫고 절망하는 이의 얼굴도 나타나 있었다.

그 얼굴이 기재들의 마음을 무척이나 흡족하게 했다. 태생부터 강자만이 누릴 수 있는 여유 그 자체였다.

그때였다.

"이 망할 쥐새끼가!!"

격한 고함과 함께 천수광이 인파를 헤치며 달려왔다.

짙은 살의와 광기가 그를 지배하고 있었다.

"죽어라!!"

천수광은 최선의 신법으로 진호에게 내달리며 검을 뻗었다.

한줄기 섬광 같은 검영이 진호의 목을 향해 내달렸다.

진호가 피할 곳은 없었다.

하지만 곤란한 듯 고개를 돌리는 진호의 눈이 빛나고 있다는 사실을 깨달은 이는 아무도 없었다.

진호는 그의 검이 날아옴과 동시에 시간을 맞춰 살짝 몸을 틀어 그의 검에 가슴을 베였다.

이제 겨우 그의 검에 눈이 익숙해졌기에 어떻게든 예상한 범위 내로 베일 수가 있었다.

그리고 그 경력을 이기지 못해 비틀거리며 절벽으로 떨어지는 것처럼 몸을 날렸다.

떨어지는 진호의 시선은 지독히도 시꺼먼 바다의 한곳에 향해 있었다. 해류가 미친 듯 꿈틀거리는 곳. 그곳이 진호가 노리며 몸을 날린 곳이었다.

강호식과 교환한 정보 중 가장 귀를 사로잡았던 것. 저 꿈틀거리는 해류가 어쩌면 목숨을 구원해 줄 구명줄일 수도 있다는 것이었다.

납치되어 온 이들 중 바다에서 평생을 보낸 수적에게 들었다고 강호식이 일러주었다.

저런 해류와 끝이 보이지 않는 어두운 바닷물이 있는 곳에는 종종 해저동굴과도 같은 것들이 있곤 한다고. 진호는 그 정보에 마지막 도박을 걸었다.

풍덩.

시꺼먼 바닷물이 진호의 몸을 삼켰다.

"……."

"끝났군."

무언가 석연찮은 듯 진호의 피가 묻은 검을 바라보는 천수광의 옆으로 황보융이 다가왔다.

"이제 속이 좀 풀렸나?"

여전히 조롱하는 건지 위로하는 건지 알 수 없는 딱딱한 그의 표정에 반사적으로 욱한 감정이 솟아올랐지만 이내 가라앉았다.

손맛이 없었다. 베는 느낌이 있었지만 분명 무언가 이상했다. 그 미묘한 감각이 지금 천수광을 지배하고 있었다.

"여기서 떨어지고 목숨을 부지할 확률은 없다."

"……."

천수광도 알고 있었다. 자신조차 여기서 떨어지고 목숨을 부지할 거라곤 생각하기 힘들었다.

하지만 무언가 찝찝함이 전신을 지배하고 있었다.

그렇게 마지막으로 소악귀 진호의 죽음을 본 그들은 이번 단계의 끝을 알렸다.

돌아가는 그들 뒤로 천수광만이 일그러진 표정으로 계속해서 절벽 아래를 바라보고 있었다.


어둠. 주변은 어둠으로 가득 차 있었다.

몰아치는 격류. 끝없이 몰아치는 파도와 물결이 전신을 찍어 눌렀다.

아무것도 보이지 않고 아무것도 할 수 없었다.

백 장 높이에서 떨어진 몸은 반쯤 망가져 있었다.

아니, 죽지 않은 것도 천운이었다.

휘몰아치는 격류와 그 수압에 전신이 산산조각 나듯 박살 나는 것 같았다. 의식이 흐려지고 있었다.

진호는 믿었다.

강호식으로부터 들은 정보와 그 정보를 신뢰하고 행동한 자신을 믿었다.

그래, 절대 죽을 수 없었다.

저런 이들에게 당하고 이렇게 죽을 수 없었다.

이대로 죽는다면 억울하게 명을 달리한 아이들을 다시 만나 뭐라고 변명할 것인가. 억울한 그들의 뜨거운 눈물을 어떻게 닦아줄 수 있을 것인가. 그렇기에 이대로는 절대 죽을 수 없었다.

살아나야 했다.

　문득 진호의 시야로 손톱보다 작게 반짝이는 빛이 들어왔
다.
　그래, 분명 저건 예상했던 해저동굴에서 나오는 빛이었다.
　내기에서 이긴 건가?
　진호는 그곳으로 빨려 들어가는 것을 느끼며 의식을 잃었
다.

第六章
도원경 (桃源境)

천지 사방은 은은한 복숭아 향으로 가득 차 있었다.

끝없이 넓은 땅은 복숭아나무 천지인 데다 나뭇가지마다 짙은 향을 가진 꽃이 만발하며 휘날리고 있었다.

그리고 나무 밑에는 온갖 기화이초들이 가지런히 자라나 풍부하고 화려한 색과 향으로 세상을 가득 메우고 있었다.

그런 별천지의 한가운데 한 인영이 누워 있었다.

양팔을 가지런히 배에 올려놓은 채 누워 있는 그 인영의 정체는 바로 진호였다.

그는 어머니 품속 양수에 전신을 담근 것마냥 지극히 평안한 표정이었다.

기이하게도 도주와 싸움에서 입은 수많은 상처는 단 하나도 보이지 않았고, 진흙과 피 범벅이 되어 걸레만도 못하게 된 의복은 막 지어 입은 것마냥 새 것 같고 뽀송뽀송했다.

그야말로 기이한 일이었다.

바람에 날리는 기다란 풀잎이 그의 뺨을 스치며 간지럽히고 있었다.

"음?"

코끝으로 흘러 들어오는 은은하면서도 달콤한 향기에 진호의 눈꺼풀이 서서히 들리기 시작했다.

그리고 눈이 떠졌을 때 진호는 깜짝 놀라 상체를 벌떡 일으켰다.

"뭐야, 여긴? 어디지?"

그럴 수밖에 없었다.

두 눈을 통해 보이는 세상은 무언가 그의 생각과 상식을 아득히 벗어난 광경이었기 때문이었다.

꽃잎이 나풀나풀 날리고 햇살이 사방을 따스하게 비추며 온화한 공기가 도는 이곳은 진호의 눈에 그야말로 예전 어떤 탁발승에게서 들었던 극락의 일부처럼 보였다.

다분히 당황스러움을 금하지 못하며 진호는 반쯤 넋을 잃은 모양새로 서 있었다.

도저히 예상하지 못한 상황이기도 했지만 눈에 보이는 이 광경들은 정말 넋을 잃을 정도로 아름다웠고, 어딘가 그리움에 눈물이 날 정도로 심혼을 자극하는 무언가가 있었으며, 그렇기에 너무도 비현실적이었다.

‘죽은 것인가? 혹은 꿈인가?

잠시 떠오른 생각이었지만 이내 고개를 저었다.

몸 안에 가득 찬 현실감이 이것은 죽은 자가 가는 저승이나 꿈 따위가 아니라고 외치고 있었다.

그렇게 그가 반쯤 홀린 모습으로 멍하니 서 있을 때였다.

“거 두리번거리는 꼴이 별세상 구경 한 번 제대로 못해 본 촌놈 티를 팍팍 풍기는구나.”

호탕하면서 시원시원한 목소리 다음 따르는 것은 빡 하고 울리는 지극히도 경쾌한 타격음이었다.

일순 눈앞에 별이 보이는 착각과 함께 진호의 머리가 앞으로 튀어 나갔다.

난데없는 충격에 깜짝 놀란 진호는 고개를 획하고 목소리가 나온 방향으로 틀었다.

“호오, 제법 탄탄한 인상이로고.”

진호가 고개를 돌리자 모습을 드러낸 것은 한 노인이었다.

크다. 그리고 거대하다.

그것은 그의 외형적인 인상, 아니, 그에게 쩌릿쩌릿하게 뿜어져 나오는 위압감에 진호가 자신도 모르게 떠올린 단어였다.

그는 백발이 성성한 노인이었는데 육 척 육 촌은 족히 넘어 보이는 거대한 체격과 바위를 그대로 박아 넣은 듯한 근육들의 모습이 심히 인지부조화를 유도하고 있었다.

“게다가 얼굴을 보니 어린 나이에 고생도 많이 했나 보군.

하긴 젊어서 고생은 사서도 하는 것이라 했으니. 젊었을 때 고
생 좀 팍팍 해봐야 세상이란 게 어떤 건지 좀 알기도 하는 것이
지.”

　알 수 없는 그의 행동과 말에 진호는 다소 당혹감을 느끼고
있었다.

　신기한 것은 분명 방금 그의 행동이 지극히도 무례했음에도
조금도 그런 생각이 들지 않는다는 것이었다.

　“저⋯⋯.”

　“아! 여기가 어딘지 궁금한 듯 고개를 두리번거리니 설명해
주는 것이 예의겠지.”

　노인 같지 않은 노인은 진호의 말을 아주 사뿐히 잘랐다.

　하지만 고의적이거나 그를 무시하는 행동은 아니었다.

　자연스럽고 당당하며 호탕한 그의 모습에서 악의라고는 한
점 모습도 찾아보기 힘들었다.

　“여기는 도원경(桃源境)이다.”

　“⋯도원경?”

　진호 또한 들은 적이 있었다. 언젠가 유생 노릇을 하던 이가
빈민가로 들어와 한 끼도 챙겨먹지 못하고 굶어 죽어가면서
비통히 울부짖으며 찾던 그곳이었다.

　존재하지 않는 지상 낙원. 그래, 분명 그는 그렇게 말했다.

　복숭아나무가 천지 사방에 그 짙은 향을 흩뿌리고, 현세에
선 볼 수 없는 아름다운 광경이 펼쳐져 있으며, 아무런 근심 걱
정 없이 살 수 있다는 그런 곳이었다.

"정확히 말하자면 그 비슷한 곳이다. 하지만 선계에 반쯤 걸쳐 있다 생각하면 그 차이점은 거의 없다고 볼 수 있지."

솔직히 무슨 말인지 이해하기가 힘들었다.

"저는 분명 격류가 몰아치는 바다 속에 자리한 해저동굴로 몸을 피했습니다. 그럼 이곳은 그 동굴 안에 자리한 것입니까?"

그렇기에 진호는 조심스레 물음을 건넸다.

그는 분명 거친 격류를 헤매고 있었다.

그의 목적은 그 격류 안에 있을 것으로 추정되는 해저동굴이었지만 여기가 그 동굴이라고는 생각하기 힘들었다.

"뭐, 반 정도는. 도원경은 현실 어디에도 있고, 어디에도 없지. 일단 네가 이곳으로 들어온 입구는 그 동굴이 맞다."

노인은 싱긋 웃으며 여전히 알아들을 수 없는 말을 했다.

"그나저나 잠은 잘 잤나? 생긴 것과는 다르게 거 잠꾸러기로군."

"아……."

그제야 진호의 기억 속에 방금 전 있었던 일들이 떠올랐다.

천수광과의 싸움, 그리고 수없이 많은 기재들에게서의 도피와 목숨을 건 도박, 그리고 그 끝이 보이지 않는 어둠 속에서 손톱만 한 빛을 목격하고 의식을 잃은 것까지.

그리고 진호는 한 가지 사실을 깨달을 수 있었다.

분명 이 노인이 자신의 목숨을 구해주었다는 사실이었다.

왜 그렇게 생각하는지는 정확히 말로 설명하기 힘들었다.

　다르게도 생각할 수 있었지만 그런 생각은 떠오르지 않았다.

　이 상상도 못할 별세상과 저 크고 거대한 위압감을 마주하며 떠오르는 것은 분명 그가 자신을 구해주었다는 것이었다.

　진호는 그 순간 그에게 큰절을 올렸다.

　"중요한 말이 늦었습니다. 제 이름은 진호라고 합니다. 제 목숨을 구해주셔서 감사합니다. 노인장."

　"그리 신경 쓸 만큼 큰일은 아니다."

　노인은 조금도 당황하지 않고 얼굴 한편에 자애로운 미소를 띠며 진호의 절을 받아들였다.

　"아닙니다. 제가 사내라면, 아니, 사람이라면 목숨의 빛을 지고 어떻게 그냥 넘어갈 수 있겠습니까? 혹여 말하실 것이 있다면 괘념치 마시고 뭐든 말해주십시오."

　"그런가? 뭐든 말해도 되나?"

　"물론입니다."

　조금의 고려도 없이 바로 답하는 진호의 모습에 노인의 입가에 걸린 미소가 더욱 짙어졌다.

　"그럼 하나 물어보도록 하지. 이런 외진 섬까지 오게 된 이유가 뭐지?"

　"……."

　진호의 표정이 절로 일그러졌다.

　그를 이리로 끌고 온 이들의 모습이 떠오른 탓이었다.

　힘이 있다는 이유만으로 아이들을 죽이고 자신을 이리로 끌고 온 이들의 행동이 떠오르자 진호의 감정이 절로 격해졌다.

일그러지는 진호의 얼굴을 본 노인은 인자한 모습으로 고개를 끄덕거렸다.

"사연이 있군."

"…그렇습니다."

"내게 말해줄 수 있나?"

"…알겠습니다."

잠시 주저하며 망설이던 진호는 이내 입을 열었다.

그리고 어떻게 이 섬으로 오게 되었고, 어떤 일을 겪고, 결국 어떻게 되었는지를 모두 이야기했다.

이야기를 하고 떠올리는 것만으로도 섬에 자신들을 가두고 벌레처럼 취급한 그들에 대한 분노와 살의가 치밀어 오르는 것 같았다.

그런 그를 지켜보는 노인의 눈이 심유한 빛을 발하고 있었다.

"결국 힘이 없었기에 아무것도 하지 못했단 거군."

"…그렇습니다."

노인의 말은 신랄했다. 하지만 그 말이 맞았다. 그렇기에 진호는 반박조차 하지 못한 채 이를 악물며 고개를 끄덕였다.

그들은 힘이 있기에 그 힘을 휘두르며 사람들을 짓밟았고, 자신들은 힘이 없기에 아무런 반항조차 하지 못하고 짓밟히고 말았다.

그 행동이 옳은지 틀린지는 아무런 영향조차 미치지도 못했다.

그들에겐 힘이 정의고 힘이 진리였다.

힘이 있기에 그들이 한 행동은 정의였고, 또한 옳은 일이었다.

갚아주고 싶었다.

억울하게 죽은 아이들의 원한을, 그리고 함께 끌려와 비참하게 죽은 사람들의 분노를 갚아주고 싶었다.

하지만 힘이 없었기에 아무것도 하지 못했다. 할 수 없었다.

한줄기 눈물이 흘렀다.

자책과 분노와 원한이 섞인 눈물은 뜨겁게 뺨을 가로질렀다.

"그럼 힘이 필요한가?"

그때 목소리가 들려왔다.

진호는 벌떡 고개를 들었다.

"힘이 필요하냐고 물었다."

"…그렇습니다."

진호는 고개를 끄덕였다.

"그렇군."

노인은 싱긋 웃으며 진호에게서 등을 돌렸다.

노인은 가볍게 이완되어 허리춤에 놓아두었던 손을 가슴께로 끌어 올렸다.

그리고는 가볍게 숨을 내쉬었다.

호흡을 마치며 그대로 주먹을 뻗었다.

노인의 주먹이 허공을 가르며 천천히 나아갔다.

마치 산보라도 나가는 것처럼 가벼운 움직임이었다.

하지만 진호는 보았다.

그 주먹으로부터 수면에 돌을 던진 것처럼 무수한 파문들이 퍼져 나오고 있는 것을.

그 파문들은 허공으로 퍼져 나가며 세상을 흔들기 시작했다.

그래, 세상이 흔들리고 있었다.

착각이 아니었다.

대지가 떨리고 있었다.

그 진동으로 진호의 몸조차 떨리고 있었다.

세상도 진동하고 있었다.

나무도 구름도 공기도 꽃도 산도 언덕도 모든 것이 떨리고, 아니, 떨고 있는 것 같았다.

그리고 그 흔들림은 점점 커져 가고 있었다.

동심원을 그리며 퍼져가는 파문들은 점점 그 몸집을 키워 종내에는 세상 끝을 모두 그 품에 품었다.

그 순간.

노인의 주먹이 멈추었다.

그리고.

세계가 무너졌다.

눈이 맞이 갔거나 정신이 나간 것이 아니었다.

세상 전체로 퍼져간 파문들이 일제히 터져 나가고 그와 동시에 정말 세계가 무너졌다.

콰? 쿵쾅? 와장창?

세계가 무너지는 광경에는 사람의 말로는 도저히 표현이 불가능한 그런 소리가 난다는 것을 진호는 난생처음 알게 되었다.

아니, 이런 소리를 듣게 되는 사람이 과연 누가 있겠는가?

노인의 일 권이 허공에 멈추는 순간 그대로 세계의 반이 사라져 버렸다.

환상과도 같던 별세계 도원경의 절반이 그대로 증발해 버린 것이다.

눈으로 보고서도 도저히 믿을 수가 없는 광경이었다.

사라지고 남은 것은 끝도 없는 어둠만이 가득한 공간이었다.

"이게 내가 말년에 깨달은 단 하나의 주먹이지."

"……."

진호는 이 상상을 초월하는 엄청난 광경에 가슴속을 시뻘겋게 태우던 분노조차도 잊어버린 채 입을 벌리고 있었다.

노인은 다시 진호에게로 시선을 돌리며 물었다.

"이제 다시 한 번 묻지. 힘이 필요한가?"

"……."

진호는 자신도 모르게 고개를 끄덕였다.


"내 이름은 석천패, 삼백년 전 무림의 사람이다. 그리고 사람들은 나를 무신이라 불렀지"

진호는 그의 말을 의심할 수 없었다. 이런 도원경과 같은 별세상과 그 별세상을 가볍게 반쯤 박살 내는 이를 보면서도 이제와 믿지 않을 수는 없었다.

"나는 스스로가 무림 최강임을 입증하고 싶었다. 하지만 안타깝게도 그 시대에는 나와 필적하는 이들이 무려 일곱이나 더 있었지."

"······."

그와 같은 이가 일곱이 더 있다니 상상조차 하기 힘들었다.

"사람들은 우리를 묶어 팔황이라 불렀다. 비록 누가 천하제일인지는 알 수 없었지만 적어도 우리 여덟 중 그렇게 불릴 이가 있다는 것은 세상 모든 이가 아는 사실이었지."

"그렇군요."

"하지만 그 사실이 무척이나 못마땅한 이들이 있었다. 구파와 오가라 불리는 이들이었지. 그들은 우리가 중원에서 모습을 감춘 틈을 타 우리들의 이야기를 모두 묻어버렸지. 한마디로 중원에선 잊혀 버렸다고 할까."

"어째서 중원에서 모습을 감추셨습니까?"

"우리는 무림 최강이었지. 팔황을 상대할 수 있는 건 같은 팔황뿐이었어. 그러다 보니 의구심이 들었지, 누가 제일 강한가라는 원초적인 물음이. 우리는 스스로가 가진 공부에 대한 자부심이 무척 강했지. 대부분이 자신 위에 누군가의 이름이 놓인다거나, 아님 동격으로 취급받는 것조차 싫었으니 말이다.”

“…….”

“그래서 우리는 이 섬에 모여 자웅을 겨루기로 했지. 근데 그전에 잠시 모여 이야기를 하다 보니 생각보다 말이 잘 통하더구나. 그러다 강자를 가리려던 생사결이 비무와 논검이 되어버렸고, 그렇게 시간이 흐르다 보니 계속 깨달음을 얻게 되더구나. 그렇게 모두 반선(半仙)의 경지까지 오르고 말았지. 육체의 제약에서 완전히 벗어나 버렸다고나 할까.”

“…….”

실로 허황된 이야기였다. 만일 그로부터 들은 것이 아니라면 그저 헛소리로 치부해도 이상치 않을 이야기였다.

“내가 아쉬운 것은 하나다. 나보다 약한 이들이 나의 이름을 뭉개고 그 위에 서 있는 것을 봐야 하는 현실. 어쩌다 보니 반선의 경지에 오르긴 했지만 나의 본질은 무인이다. 그리고 무인으로서 나의 소망은 세상에서 가장 높은 경지의 무를 이루고, 그 이름을 세상에 떨치는 것이었지. 그래서 나는 너에게 힘을 주고 그 힘으로 여전히 구파와 오가는, 아니, 중원무림 전체가 내 발밑에 있음을 증명케 하고 싶다. 그리고 그것은 나의 친우들, 팔황의 바람이기도 하지.”

진호는 그 순간 무신의 옆에서 일렁이는 일곱 개의 빛을 볼 수 있었다. 어째서인지는 모르겠지만 진호는 그것이 다른 팔황들임을 느낄 수 있었다.

“하나 더 물어봐도 괜찮겠습니까?”

"얼마든지."

"전 우연히 이리로 와 은인께 목숨을 구원받은 존재일 뿐입니다. 단지 그 우연뿐인데 왜 저를 제자로 맞이하려 하십니까?"

무신은 웃는 얼굴 대신 진지한 모습으로 답했다.

"우연이라 생각하나? 단순히 여기에 왔기에 선택된 것이라 생각하나? 냉철하게 보는 것과 과소평가하는 것은 분명 다르다. 과거 어려운 삶이 있었다 해도 그것에 비춰 스스로를 깔보는 것은 좋지 않아."

"제가 그 자격이 된다고 하시는 말씀입니까."

"우리는 이 섬에서 너의 모습을 보았다. 목숨을 구하는 뛰어난 감각과 무엇에도 굴하지 않는 오기와 독기, 그리고 과감한 결단과 행동력까지. 이 섬에 끌려온 것이 우연일지는 몰라도, 네가 그 해저동굴을 알게 되고 살아남아 여기까지 온 것은 절대 우연이 아니다. 하찮은 운명 따위도 아니지. 넌 네 능력으로 살아남고, 그 재능을 우리에게 증명한 것이다. 그렇기에 우리는 널 선택한 것이다. 난 내 눈을 조금도 의심하지 않는다. 나를 제외한 다른 이들 또한 말할 것도 없지. 천하제일이라 불렸던 여덟이 인정한 것이다. 그래, 분명 너는 자격이 있다."

무신은 단호하게 대답했다.

신기했다.

어째서 저렇게 단호하게 답할 수 있는지 알 수 없었다. 하지만 무언가 가슴속에 벅차오르는 것이 느껴졌다.

이 사람은, 그는 자신을 똑바로 마주 보고 있었다. 벌레라 하지 않고, 깔아뭉개지 않고 진호라는 자신을 보고 있었다. 아니, 오히려 스스로 과소평가하지 말고 스스로를 제대로 보라고 했다.

빈민가에 있다 하여, 거기서 태어났다 하여, 거기서 살아간다 하여 무시받고 천대받고 결국은 벌레 취급 받으며 죽어가던 지난 삶이 스쳐 지나갔다.

눈물이 흘러나왔다. 주체할 수 없는 눈물이 흘러나왔다.

"위축되지 마라. 어깨를 내밀고 가슴을 펴라. 세상 앞에 당당히 자신을 드러내는 것이 사나이의 품격인 것이다."

노인은 진호의 어깨에 손을 올려놓았다.

진호는 그의 말과 함께 여태껏 삶에서 자신도 모르게 위축되었던 어깨를 내밀었고, 자신도 모르게 수그러들었던 가슴을 폈다. 그리고 입을 열었다.

"알겠습니다. 제자가 되겠습니다."

진호의 말에 노인은 기꺼운 듯 껄껄 웃으며 그의 어깨를 두드렸다.

그리고는 소리 높여 크게 외쳤다.

"나는 과거 팔황(八荒), 팔제(八帝), 팔천(八天) 그리고 팔신(八神)이라고도 불렸던 여덟 초월자 중 하나인 무신(武神) 석천패다. 다시 한 번 묻겠다. 나와 내 지인들, 팔황의 제자가 되겠느냐?"

웅장한 목소리, 하늘과 같은 위압감, 모든 것을 압도하는 기세.

그야말로 파천의 패도가 그에게서 흘러나왔다.

실로 등골이 쩌릿쩌릿해지는 감각이 전신으로 스쳐 지나갔다.

그것은 무신으로부터 흘러나오는 위압감을 넘어 더할 나위 없이 황홀한 쾌감에 달하고 있었다.

"그렇습니다, 사부님."

그리고 진호는 진심으로 그에게 고개를 숙였다.


"사부."

"흠흠. 다시 한 번 불러보아라."

"사부!"

"그거 좋은 울림이구나."

무신은 진호가 사부라고 부르는 것이 무척이나 흡족한 듯 연신 웃음을 터뜨리고 있었다.

'님' 자는 떼라고 했다. 살면서 너무 많이 들었기에 굳이 제자한테까지 듣고 싶은 생각은 없다고 했다.

"제자야, 앞으로 네가 걸어갈 길은 멀고도 험하다. 그 길을 걸어갈 너에게 작은 선물을 주도록 하겠다."

그의 나직하고도 장엄한 선언과 함께 창세와도 같은 커다란 빛의 무리가 머리 한가운데, 백회(百會)를 꿰뚫었다.

빛의 무리는 십사경맥(十四經脈)과 전신의 세맥(細脈)으로 퍼져 나갔다.

그리고 진호의 혈도를 마치 태어났을 때의 모습처럼 깨끗하게 만들었다.

가장 커다란 빛은 백회와 전중(膻中), 명문(命門)에 자리했다.

각각이 상단전과 중단전, 하단전이라는 것을 진호는 인지할 수 있었다.

수없이 많은 것들이 흘러 들어왔다.

다 담기조차 힘들 정도로 쏟아지는 것들은 진호의 밑바닥부터 차곡차곡 쌓여 흘러넘치기 일보 직전까지 차올랐다.

그리고도 모자라 흘러넘친 빛은 세상을 뒤덮듯 퍼져 나갔다.

"그것은 나와 나머지 이들이 생전에 쌓아왔던 내공이다. 물론 내단(內丹)의 모양새를 하고 있으니 당장 모두 소화하는 것은 무리겠지만 조금씩 네 몸에 녹아들 거니까 미리 걱정부터 할 필요는 없다. 네가 팔황의 진전을 조금씩 그 그릇에 받아들일 때마다 그 내단은 너의 단전 속에 녹아들어 갈 것이다."

"다른 팔황 분들은 언제쯤 만날 수 있습니까?"

"그건 네 그릇의 문제지. 팔황 중 나를 먼저 보게 된 것은 내가 제일 잘난 것도 있지만, 네가 살아오고 익혀온 것들의 성향이 나와 가장 잘 맞았기 때문이고. 네가 정진을 멈추지 않고 그릇을 넓혀 나간다면 곧 모두를 만나고 그들의 공을 얻을 수 있겠지."

무신의 말에 진호는 고개를 끄덕였다.

“그리고 부탁드리고 싶은 것이 있습니다.”

“원한을 갚는 것을 말하는 것이냐?”

“그렇습니다.”

“그건 걱정 마라. 여기서의 시간은 원래의 시간대에 비해 몇 십 배는 늦게 흐르니까. 조금 더 수련을 하고 나가도 늦지 않을 것이다. 솔직히 나의 제자라는 놈이 그냥 나가서 맞고 다니는 꼴을 볼 생각은 조금도 없다. 알겠냐?”

“…네. 알겠습니다.”

“그럼 수련을 시작하도록 하자.”

무신은 호탕한 미소를 지으며 진호에게 다가왔다.

第七章
복수의 시작

팔황지로
八荒之路

다른 기재들이 모두 돌아갔음에도 천수광만은 계속해서 절벽에 남아 있었다. 이제 절벽에 있는 것은 그 혼자뿐이었다.

그의 감각이 의심이라는 사고를 낳고 있었다.

머리 한편에선 분명 '그놈은 죽었다', '살아 있다는 것은 말도 안 된다' 라고 외치고 있었다.

분명 그 말이 맞음을 그는 알고 있었다.

이 백 장 높이의 절벽에서 떨어진 후 저 급류에 휘말려 살아날 수 있는 이는 분명 없었다. 그건 이 섬의 그 누구도 거의 불가능하다는 사실을 그는 알고 있었다.

그런데 이 찜찜함과 씻을 수 없는 의심의 감정은 도대체 어디서 발원하고 있는 것인가?

자신의 손으로 죽이고 싶었다.

천천히 조금씩 가지고 놀며 토막 내고 벌레처럼 땅을 기게 하며 처절하게 죽이고 싶었다.

하지만 더할 나위 없이 수치스럽고 치욕스럽게도 오히려 역공을 허용하고 목숨의 위험에 달하기까지 했다.

천 갈래 만 갈래로 찢어 죽여도 풀리지 않은 분노와 격정이었다.

그렇기에 너무 쉽게 죽여 버린 것이 아닌가? 하는 생각이 머릿속에서 계속 떠나지 않았다.

몇 번을 생각해도 진호가 자신에게 지은 죄는 고통 없이 죽기에는 너무나도 큰 것이었다. 시체가 눈앞에 있다면 부관참시라도 해야 마땅했다.

그 아쉬움이 진호의 죽음을 인정하지 못하게 하는 가장 큰 이유가 아닐까? 라고 그는 스스로 판단했다.

이제 아쉬움을 접어야 할 때였다.

그딴 벌레에게 매여 있기에 자신은 너무나도 고귀한 존재였다.

그래, 그렇게 생각하고 마음을 다 잡으며 떠나려 할 때였다.

콱, 콱.

"응?"

그때 그는 묘한 소리를 들었다.

뾰족하고 튼튼한 무언가가 바위를 부수는 듯한 소리였다.

그리고 그와 동시에 한 인영이 솟구쳐 올랐다.

마치 여의주를 문 천룡처럼 하늘 높이 비상한 인영은 그에게 있어 너무나도 익숙한 모습을 하고 있었다.

"…설, 설마."

하늘 높이 솟구친 인영이 천수광의 앞에 내려앉았다.

그 인영은 진호였다.

"네놈!! 살아 있었던 것이냐!!"

천수광은 증오와 격노가 버무려진 반가운 음성으로 살의를 마음껏 내뱉었다.

그는 격양되어 있었다. 죽은 줄만 알았던 진호가 다시 자신의 눈앞에 모습을 드러낸 것이다. 자신의 손에 죽기 위해 어떻게든 살아남은 것이다.

그의 목소리는 흥분해 있었고, 그의 눈은 짙은 살의와 솟구쳐 오르는 환희가 섞여 기이한 빛을 흩뿌리고 있었다.

그 휘몰아치는 흥분과 분노의 폭풍에 휩싸인 덕택에 그는 눈치채지 못했다. 우두커니 서 있는 진호의 모습에서 아까와는 다른 위화감이 느껴진다는 것을.

그리고 절벽에서 떨어져 격류에 휘말리기까지 해 죽었어야 할 진호가 어떻게 저런 멀쩡한 상태로 자신 앞에 서 있을 수 있는지, 그의 머리는 조금도 떠올리지 못하고 있었다.


"그래, 죽지 않았을 거라 생각했다. 그렇지. 네놈이 그리 쉽게 죽을 리가 없지. 아니, 그리 쉽게 죽어서는 안 되지."

귀화(鬼火)가 불타듯 천수광의 눈이 광기에 물들어 있었다.

─제자야. 저놈은 뭐냐? 뭔데 저렇게 눈깔을 시퍼렇게 부릅
뜨고 널 노려보고 있는 것이냐?

"별거 아닙니다, 사부. 그저 한 마리 때려죽일 벌레일 뿐입
니다."

진호는 미소를 머금었다.

절벽에서 뛰어내리기 전만 해도 온갖 수를 다 써야 상대할
수 있었던 천수광이었다.

하지만 지금은 달랐다. 몸에서 넘쳐흐르는 힘이 저쯤은 별
거 아니라고 외치고 있었다.

고작 한 주먹거리도 안 된다고 그렇게 외치고 있었다.

솔직히 정확한 시간은 가늠하기 힘들었지만 대충 어림잡아
두 달에 가까운 시간을 진호는 무신과 함께 보냈다.

그러면서 진호는 팔황의 내단 중 무신의 몫에 달하는 것의
일부를 더 녹여낼 수 있었다.

여태껏 녹여낸 내단의 양은 제대로 추산하면 일 할도 되지
않았지만, 그것만 해도 웬만한 이들이 평생을 바쳐 적공해야
하는 양을 가볍게 넘어서고 있었다.

게다가 과거 당해낼 자가 없다던 무신의 비기(秘技) 또한 익
힐 수 있었다.

그야말로 천수광 따위 정말 한주먹에 해치울 수 있을 정도
의 자신감이 전신에 차오르고 있었다.

─윙윙거리며 날뛰는 벌레는 주먹 한 방이 특효약이다.

"알겠습니다."

진호는 차갑게 웃으며 답했다.

"벌레? 감히 네놈 따위가 누구를 보고 벌레라 하는 것이냐? 죽고 싶은 것이냐? 아니, 쉽게 죽일 수는 없지. 그래, 너는 절대 쉽게 죽여주지 않겠다. 만 갈래로 포를 뜨고 그 상처를 치료하며 죽지도 살지도 못하게 처절한 고통 속에 담가주겠다."

천수광은 눈은 시뻘겋게 붉어져 있었지만 뺨은 늘어져 있었고, 입가에는 분명 미소가 담겨 있었다. 증오와 분노, 환희와 기쁨이라는 아주 상반된 감정에 휩싸인 것이다.

―거 계집애처럼 말이 많은 놈이로군.

"제가 그 입을 다물게 하겠습니다."

진호 또한 천수광과 같은 감정에 휩싸여 있었다.

'아아. 그래, 나도 보고 싶었다. 너무나도.'

진호는 속으로 중얼거렸다.

그래, 서로가 서로에게 치미는 짙은 살의를 품고 있었던 것이다.

물론 진호로서는 평생 가도 천수광이 품고 있는 짙은 살의를 이해할 것 같지 않았다.

그야말로 있는 자들에게 손톱만큼의 실패와 치욕을 주었기 때문인가? 고작 그 정도로 나를 그렇게 죽이고 싶단 말인가?

그야말로 생각할수록 기가 막힐 뿐이었다.

진호는 치밀어 오르는 분노와 함께 진호는 신형을 날렸다.

몸 안에 자리한 팔황의 기운이 무한한 활력을 주고 있었다.

쏜살처럼 그의 몸이 달려 천수광의 앞으로 쇄도했다.

천수광은 대경했다.

진호의 몸이 날랜 호랑이처럼 순식간에 달려들었기 때문이었다.

그는 깜짝 놀라 검을 휘둘렀다. 그의 검끝에 푸르고 붉은 기운이 맺혀 있었다.

가문의 비전 청홍절멸검(青紅絶滅劍)이 이뤄낸 검기의 편린이 그의 검에 서려 있었다. 두꺼운 철판조차 능히 종잇장처럼 찢어버리는 강대한 파괴의 기운이었다.

깜짝 놀라는 와중에도 그의 몸은 새겨졌던 기억과 경험에 따라 검을 채찍처럼 휘둘렀다.

붉고 푸른 기운이 반월의 형상으로 내리그어졌다. 청홍절멸검의 절초인 청사홍격(青蛇紅擊)이었다.

자신의 검이 청사홍격의 검로를 그리며 진호에게 쇄도하는 것을 보고 천수광은 미소를 머금었다.

이 검은 절대 저런 벌레 따위가 막을 수 없는 상승의 검이었다. 어떻게 자신조차 잠시 놀랄 정도로 날랜 움직임을 보였는지는 모르겠지만 그런 것쯤은 이제 다 소용없었다.

하지만.

안타깝게도 그의 생각은 가볍게 빗나가고 말았다.


천수광의 검을 보며 진호는 무신의 말을 떠올렸다.

─나의 전투 방법은 지극히 간단하다. 막아내고 치면 된다. 단 일 권. 그것으로 나는 중원을 평정했다.

천수광의 검이 날아왔다. 분명 그 검이 품은 기세는 실로 날카로웠다. 하지만 그 검을 보는 무신은 그저 심드렁하게 그것을 평했다.

―별거 아니구나, 제자야.

"그렇습니다."

진호는 차가운 미소와 함께 그에 동의했다.

그와 동시에 그의 가슴으로 천수광의 검이 찔러졌다.

검이 닿으려는 순간 천수광의 입가에 미소가 걸렸다.

무언가 울분이 풀리려는 듯했다.

하지만.

챙.

"윽."

검이 살을 찌르는 소리라고는 믿지 못할 소리가 들렸다.

그리고 그 반탄력이 손아귀를 찢어놓으며 천수광은 검을 놓치고 말았다.

―과거 나는 막대한 내공으로 몸을 철벽처럼 보호했다. 그것을 나는 천갑(天甲)이라 불렀다.

천갑이라 불린 기예는 막대한 내공을 토대로 전신을 강철과도 같은 갑주로 둘러싸는 기예였다. 진호 또한 팔황의 내단을 흡수하고, 무신의 진전을 얻어 그중 일부를 녹여냈기에 그의 단전에는 어마어마한 내공이 흐르고 있었다. 그렇기에 아무런 무리 없이 천갑을 구현할 수 있었다.

천수광이 고통에 신음하는 모습을 보며 진호는 일그러진 미소를 머금었다.

가슴께로 주먹을 들어 올렸다.

그리고는 힘을 주어 그 주먹을 굳게 쥐었다.

단전에서 불꽃같은 기운이 치밀어 올랐다.

그리고 기운은 전신을 거쳐 주먹으로 솟아올랐다.

디딤발로부터 시작된 몸의 탄력이 무릎, 강하게 회전하는 허리를 거쳐 어깨, 팔, 주먹으로 순식간에 내달리고 있었다.

─단 하나의 주먹. 세상 그 무엇보다 빠르고 강한 그 주먹을 나는 일뢰(一雷)라 불렀다.

진호는 그 기운과 탄력을 머금어 그대로 강하게 떨쳐냈다.

그 순간.

천수광의 눈앞에 번개가 내리쳤다.

그것은 그의 눈으로 감지조차 하지 못할 정도로 빨랐다.

무신의 절기 일뢰가 삼백 년의 시공을 넘어 강호에 모습을 드러냈다.

퍽.

가슴을 얻어맞은 천수광은 몇 장이나 나가떨어져 버렸다.

절벽을 오르며 들은 무신의 전투 방법은 무척이나 간결했다.

그 무지막지한 내공으로 구현하는 천갑으로 몸을 방어하며 대충 막을 것은 막고 까다로운 것은 피한다. 그리고 그 후 일권에 적을 압살한다.

그야말로 단순무식의 전형이었지만 그만큼 지독히도 합리

적이고 무의 극에 닿아 있는 수이기도 했다.

"말… 말도 안 돼. 쿨럭."

몇 바퀴를 땅에 구른 천수광은 믿지 못하겠다는 얼굴로 시꺼먼 피를 토하고 있었다.

지금 그는 이 사태를 조금도 이해하지 못하고 있었다.

어째서 자신이 찌른 검은 저 빌어먹을 벌레에게 먹히지도 않고, 오히려 자신이 얻어맞아 땅을 구르고 있는 것이란 말인가?

말도 되지 않았다. 믿을 수가 없었다. 하지만 내장이 뒤엉키는 듯한 고통이 이것이 꿈이 아닌 현실이라는 것을 알려주고 있었다.

진호는 한 발짝씩 천수광에게 다가갔다.

전신이 팔황의 기운으로 넘실대는 진호의 모습은 아까 전 무기력한 소년의 모습이 아니라 천상의 신장과도 같은 위압감을 품기고 있었다.

"믿을 수 없어. 말도 안 돼."

천수광은 반쯤 넋이 나간 표정으로 몸을 일으켰다.

"힘을 숨기고 있었나? 아니, 그럴 리가? 어떻게 된 거지?"

그의 눈은 혼란과 공포로 반쯤 풀려 있었다.

―제자야.

"네, 사부."

―어째 주먹질이 영 신통치 않구나.

"죄송합니다."

─주먹에 힘을 집중해라. 그리고 좀 더 과감히 뻗어라. 그 손으로 하늘의 번개를 내리쳐라.

진호는 고개를 끄덕였다.

"죽여 버리겠어. 죽여 버려주마. 으아아!!"

"시끄럽군. 그 입을 당장 다물게 해주지."

진호는 다시 주먹을 굳게 쥐었다.

그리고 무신의 말대로 힘을 집중하고, 좀 더 과감히 뻗어냈다.

과연 더욱 힘찬 주먹이 번개처럼 내달렸다.

빡.

단단한 막대기로 수박을 내려치는 듯한 소리가 들렸다.

그리고 그 순간 천수광의 머리가 박살 났다.

깨진 머리에서 피와 뇌수가 사방으로 흩날렸고, 일순 그의 동공이 완전히 풀려 버렸다.

그는 아직도 이 상황을 믿지 못하는 허망한 눈으로 서서히 기울어가더니 땅바닥에 그 부서진 머리를 처박고 명을 달리했다.

진호는 그 모습을 바라보았다.

힘을 가졌다는 이유로 무상의 권력을 휘두르며 사람들을 죽이고 자신을 쫓아오고 핍박한 천수광을 이 손으로 쳐 죽였다.

하지만 분이 풀리지 않았다.

이것으론 모자랐다.

이 한 명을 죽였다고 해서 이 섬에서 희생된 사람들이, 그리고 억울하게 죽은 아이들이 편히 눈을 감을 리가 없었다.

그들의 원한, 그리고 자신의 분노가 고작 이 정도로 잠재울 수 있을 리가 없었다.

아직 그들을 죽인 이들이 이 섬 안에 잔뜩 남아 있었다.

─죽을 놈들이 많다고 했지. 가자, 제자야. 수련은 아직 끝나지 않았다.

"알겠습니다."

진호는 고개를 끄덕이며 그의 말에 동의했다.

그들이 자신과 사람들을 제물로 삼으려 했듯, 이제 자신 또한 그들을 제물로 삼을 것이다. 그리고 그들을 먹어치워 가며 강해질 것이다.

그리고 그들은 깨닫게 될 것이다.

힘을 가졌다는 이유로 사람들을 벌레 취급하며 무참히 죽이던 그들이 이제는 반대로 무참하게 죽음을 맞이하게 될 것이라는 것을.


쏜살처럼 달려가던 진호는 한 명의 기재와 그를 호위하는 한 명의 흑영과 조우했다.

"누구냐?"

갑자기 접근하는 진호를 보며 푸른 무복의 기재가 소리치며 도를 뽑으려 할 때였다.

─아직 부족하다. 좀 더 짧게 끊어 쳐라.

"네."

진호는 주먹을 가다듬었다.

기재가 제대로 된 대응도 하기 전에 주먹을 뻗어냈다.

도갑에서 채 도를 다 꺼내기도 전에 한줄기 번개가 들이닥쳤다.

펵.

경쾌한 소리와 함께 머리 하나가 박살 나 허공으로 흩뿌려졌다.

비명조차 지르지 못했다. 성대하게 피분수가 솟아올랐다.

"이놈!!"

순식간에 벌어진 기재의 비참한 죽음에 깜짝 놀라 다가온 흑영의 검끝이 번뜩였다.

피할 필요도 없었다.

캉.

몸에 닿자마자 검이 팅겨져 나갔다. 그의 검은 두터운 내공으로 둘러싼 천갑을 뚫기에는 너무나도 턱없이 약했다.

그리고 진호는 그의 머리로 번개를 내리쳤다.

머리 잃은 몸이 철푸덕 소리와 함께 땅바닥에 엎어졌다.

진호는 계속 달려나갔다.

그가 먼저 향한 곳은 배가 떠 있는 백사장이었다.

"아직 남아 있었나?"

백사장에는 커다란 배 두 척과 그것을 지키고 있는 열다섯 가량의 흑영이 있었다.

그들은 진호가 나타나자마자 검을 뽑으며 으르렁 경고를 발했다.

“아직 살아 있는 놈이 있었구나.”

“어째서 여기에 있는거지?”

“아니, 어찌 되었든 간에 상관없다. 이미 넌 살려둘 이유는 조금도 없다. 죽어라!!”

그들은 일제히 칼을 뽑으며 달려들었다.

―오, 잔뜩 있구나.

무신은 반가운 듯 소리를 높였다.

진호는 그들을 향해 신형을 날렸다.

―일뢰는 하나의 주먹이자 모든 주먹을 아우르는 일권이다. 번개는 어떤 형태로도 세상에 그 위력을 떨치며 그 위용을 자랑한다.

무신의 말에 따라 진호는 주먹을 올려치고 내려치고 휘두르며 뻗었다. 주먹의 발출은 실로 변화무쌍했다. 어떻게 주먹을 내밀어도 번개의 힘은 조금도 쇠하지 않았다.

퍽, 퍽, 퍽.

주먹 하나가 쏘아질 때마다 머리도 하나씩 터져 나갔다.

진호를 검으로 베고 장으로 치고 창으로 찔러도 그는 아무런 상처조자 입지 않았다.

―이런 솜방망이는 피할 가치도 없지.

그리고 그들의 공격이 무위에 돌아감과 동시에 진호의 주먹이 연달아 피를 머금었다.

한 번 주먹을 내딛을 때마다 번개는 점점 빨라지고 강해지고 있었다. 그리고 한 번 공격을 당할 때마다 그 장갑은 더욱 두터워지고 있었다.

모든 공격을 맨몸으로 가볍게 막아내며 주변을 초토화시키는 그의 모습은 흡사 강철의 철갑을 두른 전차를 연상시켰다.

삐익.

흑영 중 하나가 신호를 보냈다. 적의 습격과 지원을 바라는 불꽃이었다.

그리고 곧이어 쏟아진 주먹에 가슴이 뭉개지며 심장이 터져 나갔다. 그는 피를 토하며 쓰러졌다.

남은 흑영들은 급격히 전의를 잃었다.

이건 도저히 상대가 되지 않았다.

한 명이 도망가고 있었다. 진호는 놓칠 수 없었다.

이 일에 관련된 자는 단 한 명도 살려 두기 싫었다.

힘을 맹신하며 힘이 정의라 외치던 이들이었다. 그들을 모두 힘으로 찍어 눌러 버리고 싶었다. 그들이 믿던 힘에게 배신당해 보라 외치고 싶었다.

진호는 힘껏 발을 구르며 앞으로 뛰쳐나갔다.

그리고 도망가는 흑영의 뒤로 일뢰의 주먹을 뻗었다.

퍽 소리와 함께 머리가 부서졌다.

그 소리와 감각이 가슴속에 쌓여있던 분노와 울분을 다소나마 풀어주는 듯했다.

하지만 그에 반비례해서 무언가가 점점 그의 가슴속에 쌓여가고 있었다. 진호는 그것이 무엇인지 알지 못했다.

지금 그의 정신을 휘어잡는 것은 사부와 함께한다는 끝도 없는 고양감과 힘이 점점 강해지고 있다는 자신감이었다. 그리고 한편에는 억울하게 죽은 이들을 대변하는 분노가 맹렬한 속도로 타오르고 있었다.

흑영들을 모두 쳐 죽인 진호는 고개를 돌려 배를 바라보았다.

원래는 어떻게든 사람들과 함께 섬을 빠져나가기 위해 탈취하려던 배였다. 하지만 이제 그와 함께 할 이들은 모두 죽어 아무도 남아 있지 않았다.

차가운 시선으로 배들을 바라보던 진호는 이내 배로 다가가 주먹을 찔러 넣었다.

펵.

그의 주먹은 배의 아랫부분을 통타했다. 그와 동시에 배 아랫부분에 균열이 일기 시작하더니 금이 쩍쩍 사방으로 퍼져 나갔다.

하나당 삼백을 태울 정도로 커다란 배였지만 진호의 주먹을 버틸 정도로 튼튼하지는 못했다.

다음 주먹을 뻗는 순간.

커다란 구멍이 생김과 동시에 배를 이루는 목재들이 사방으로 퍼져 나갔다.

진호는 정성들여 배를 조각조각 박살 내 갔다.

그렇게 몇 번이고 주먹을 때려 넣은 배는 이제 수리조차 불가능할 정도로 박살이 나버렸다. 거의 반쯤 토막이 나버린 배는 이제는 완전히 무용지물이 되어버렸다.

백사장의 모습은 실로 으스스했다.

검은 배가 박살 나 사방으로 비산한 목재들이 을씨년스러운 분위기를 연출했고, 그 위에 머리와 전신 곳곳이 박살 난 시체들이 쌓여 있었다.

배를 박살 낸 것은 섬을 왕래할 수단은 오직 하나 배를 이용하는 것뿐이기 때문이었다.

이로써 이 섬을 빠져나갈 수단은 지금은 존재하지 않았다. 그리고 이 섬을 빠져나갈 수단이 없는 이상, 진호의 손에서 도망칠 수 있는 방법 또한 없었다.

그들은 힘을 가지고 사람들과 자신을 그들의 탐욕을 채우는 도구로 썼다. 그래, 힘을 가진 그들에게 이 섬은 우리들을 가두는 감옥이었다.

하지만 이젠 반대다. 이 섬은 그들이 어디도 도망가지 못하게 막아서는 감옥이 되었다.


백사장을 나선 진호가 다시 산 위로 올라갔을 때 신호를 보고 달려온 흑영들과 기재들이 그의 주변을 포위했다.

"흥, 어찌 숨기고 있는 한 수가 있었나 보군."

이미 몇 명이 당했다는 것을 알면서도 그들은 여유로웠다.

압도적인 수적 우세와 스스로가 가진 힘을 과신하고 있었기 때문이었다.

─저런 쓸모없는 눈깔은 개를 줘도 안 가지겠구나.

"그렇습니다."

"무엇을 중얼거리는 것이냐?"

"네가 한 수를 숨기고 있다고 한들 결국 바뀌는 건 아무것도 없다."

"마음껏 발악해 봐라. 그래 봐야 네 주제를 알게 될 뿐이겠지만."

그들은 진호를 포위하고는 마음을 놓으며 진호를 마음껏 조롱했다. 동료가 죽은 흑영들은 분노하고 있었지만, 동료 기재가 죽었다고 하여 슬퍼하는 이는 아무도 없었다.

―제자야.

"네."

―저놈들 입 좀 다물게 해보거라. 두어 대 찜질 좀 해주면 입을 다물 것 같구나.

"알겠습니다."

그리고 그들은 곧 깨닫게 되었다.

자신들이 조롱하고 깔아뭉갠 이는 그들의 목을 거두어 갈 사신이었음을.

진호의 일뢰는 어디에 숨어도 그것을 박살 내며 쏘아졌고, 어떻게 막아도 가볍게 뚫어버렸으며 그들이 뭘로 막아도 모두 박살 내버렸다.

바위에 몸을 숨기고 기회를 노리던 기재는 바위째로 머리가 날아가 버렸다.

가문의 비전 철혈강신(鐵血剛身)이란 상승의 호신공을 가진 이가 자신있게 막아섰지만 그는 겨우 주먹 한 방을 버텨냈을 뿐이었다.

—이럴 땐 한 방을 더 치면 된다. 쉬운 일이지.

무신의 말과 함께 또 다른 번개가 내리쳤을 때 그의 머리는 수박처럼 박살 나버렸다.

순법(盾法)을 익힌 이가 내민 방패도 진호의 주먹 앞에선 종잇조각이나 다름없었다.

더욱 심각한 것은 그들의 어떤 공격도 통하지 않는다는 사실이었다.

무엇이든 베어버리는 칼을 가지고 있는 상대라면 그 칼을 피해 몸을 찌르면 된다.

하지만 그가 어떤 것도 막아내는 갑옷까지 가지고 있다면 어떻게 해야 하는가? 게다가 심지어 주먹을 뻗을 때마다 점점 더 강해지고 있었다. 그런 상대를 어떻게 맞아야 하는가?

호기롭게 진호를 둘러싼 기재와 흑영이 죽음과 함께 당면한 문제였다. 물론 진호는 그들이 여유롭게 문제를 고심할 시간을 주지 않았다.

압도적인 무력에 흑영들은 순식간에 모두 죽음을 맞았다.

그 모습에 몇몇 기재들은 뒷걸음질치고 있었다. 그들의 얼굴에는 공포가 서려 있었다.

언제나 강자의 입장에서 약자의 공포를 즐기던 이들의 상황이 역전되어 버린 것이다.

진호는 쫓았다. 그리고 주먹을 갈겼다.

하나도 살려두지 않았다.

주먹을 찌를 때마다 가슴속에 너무나도 깊게 쌓인 울분이 조금씩 사라지고 있었다.

"살려줘. 제발. 뭐든 들어줄게. 뭐가 필요하든 다 줄게. 제발 목숨만은, 목숨만은 살려줘!"

"너희들은 어떻게 했느냐? 살려달라는 이들을 무참히 죽이고, 반항도 하지 못하는 아이들을 죽이고 그들을 비웃고 모욕하고 조롱하더니, 이제와 힘이 부족하니 목숨을 구걸하는 것이냐?"

"살려줘. 제발!"

"너희들은 어떻게 했냐고 물었다!!!"

"용서해 줘. 제발."

그래, 고작 이런 이들이다. 빈민가에서도 보았듯이 알량한 힘 한 꺼풀을 벗겨내면 누구보다 비굴하고 값싼 자존심을 가진 이들이다.

고작 이런 새끼들을 위해 그 많은 사람들이 그렇게 비참하게 죽어가고 그들의 가족들이 뒤처리란 이유로 죽고, 빈민가에서도 웃음을 잃지 않던 그 순박한 아이들이 죽은 것이다.

고작 이런 빌어먹을 병신들의 욕심과 탐욕을 위해.

"닥쳐."

진호는 바지춤을 잡고 애걸하는 기재의 머리를 발로 밟아 박살 내버렸다.

―…….

무신은 타오르는 진호의 모습을 말없이 지켜보고 있었다.

속에서 무언가 타오르고 있었다.

그것은 꺼지지 않았다.

격정보다 붉고, 광기보다 진한 그것은 진호의 분노를 살라먹고 미친 듯 타오르고 있었다.

한 명 한 명을 더 죽여 갈수록 진호의 눈이 붉어져 갔다.

이들이 살 가치조차 없는 쓰레기에 불과하다는 확신이 점점 더 굳어 갈수록 그 비통한 감정이 사그라지지 않았다.

쓰레기들.. 알량한 힘만 믿고 그 힘을 무차별적으로 휘두르는 망할 새끼들.

진호의 머릿속으로 수없이 많은 사람들의 얼굴이 떠올랐다.

어떤 이는 아귀투를 보며 비웃음과 환희가 섞인 얼굴로 웃고 있었고, 어떤 이는 빈민을 때려죽이며 자신의 힘을 과시하고 있었다.

어떤 이는 마음에 들지 않는다는 이유로 거리에 불을 질러 수백에 달하는 빈민을 죽였다.

어떤 이는 힘이 필요하다는 이유로 사람들을 납치하고 농락하다 죽였다. 어떤 이는. 어떤 이는. 끊임없이 누군가의 얼굴이 떠올랐다.

힘이 정의라고. 가지지 못한 것이 죄라고 떠드는 이들의 모습이 떠올랐다.

진호는 그 순간 머릿속에서 무언가 끊어지는 소리를 들었다.

"으악!!"

도망가는 또 다른 기재의 머리를 붙잡고 바위에 내려쳤다.

퍽, 퍽, 퍽.

눈이 풀리고 머리가 깨지고, 그 틈으로 피분수가 미친 듯 숏구쳐 올랐다. 그래도 진호의 손은 멈추지 않았다.

그 시꺼멓게 타오르는 분노에 어떤 기재는 도망도 가지 못하고 무릎이 풀려 주저앉고 말았다.

진호는 그에게로 다가가 죽을 때까지 내려쳤다.

모르겠다. 아무런 생각도 나지 않았다.

단지 떠오르는 것은 분노와 검은 광기.

이들을 모두 처죽이고 싶은 욕망만이 그의 뇌리를 지배하고 있었다.

전신이 피로 범벅이 되어 있었다.

광기에 휩싸인 채 이미 시체가 된 기재를 두들기는 그의 모습은 지옥에서나 볼 법한 나찰의 모습을 하고 있었다.

그때였다.

―갈(喝)!

무신의 차갑고도 날카로운 일갈이 진호의 머릿속을 강타했다.

진호는 시체를 두들기는 것을 멈추고 가만히 섰다.

―감정에 먹히느냐? 고작 감정에 먹혀 자신을 잃어버리는 것이냐?

무신은 차갑게 일갈했다.

진호는 문득 자신의 손을 보았다. 손은 허망한 붉은 피와 달라붙은 살점과 머리칼로 가득 했다.

―그러고도 내 제자라 할 수 있느냐? 무의 극에 달한 무신의

제자라고 할 수 있는 것이더냐?

그의 일갈은 단순한 고함이 아니었다.

마치 영성을 품은 소리처럼 진호의 뇌리로 흘러가, 마음 깊숙한 곳에 자리 잡은, 너무나도 불필요하게 덩치를 불린 분노를 싸그리 지워 버렸다.

분노를 태워 버리는 그 말의 형태조차도 번개와 같았다.

—뜨겁게 생각하고, 뜨겁게 행동하고, 뜨겁게 분노해라. 다만 그것에 먹히지는 말아라.

그 말이 맞았다.

이성으로 분노를 집행하지 않고 분노에 이성을 맡긴다면, 자신은 이들과 다를 바가 하나도 없는 것이었다.

그것을 깨닫는 순간 진호는 이성을 찾을 수 있었다.

"죄송합니다, 사부."

진호는 고개를 숙였다.

—거 반성은 빨라 마음에 드는구나.

무신은 진호가 정신을 차리자 호탕하게 웃음을 터뜨렸다.

—언제나 주의해라. 가장 큰 적은 늘 마음속에 있다.

"알겠습니다."

그때였다.

"…잘도 날뛰어 주었구나."

언덕 위에서 한 인영이 뛰어내렸다.

하얀 장포에 하얀 수염. 직위와 전혀 어울리지 않는 외관을 가진 그는 흑영대주였다.

그는 검을 뽑아 들었다.

진호는 눈살을 찌푸렸다.

느낄 수 있었다.

그는 분명 달랐다.

그로부터 느껴지는 예기가 지금까지의 기재들과 흑영들과는 비교조차 되지 않을 정도로 날카로웠다.

그에 비교하면 다른 이들은 그저 송사리에 지나지 않을 정도였다.

"잠시 자리를 비운 사이에 이리 되다니……. 큭."

흑영대주의 검이 짙은 붉은색의 기로 휩싸였다.

그 검으로부터 느껴지는 예기는 장인이 목숨을 바쳐 정련한 칼날과도 같았다.

―저건 좀 힘들지도 모르겠군.

무신이 중얼거렸다. 아직 진호의 경지는 어린이가 갑자기 어른의 힘을 가지고 무작정 휘두르는 것에 지나지 않았다. 물론 그조차도 상상을 초월하기에 충분히 강력하다 볼 수 있었지만 제대로 무공을 닦아 경지에 달한 사람을 상대하기에는 다소 모자람이 있었다.

그리고 지금 눈앞의 상대가 그러했다.

"어떻게 할까요?"

무신의 목소리에서 느껴지는 진지한 예상에 진호가 물었다.

그리고 대답은 곧바로 돌아왔다.

―아주 당연한 것을 묻는구나, 제자야. 패도의 길을 걷는 자

의 싸움에 물러남이 있을 것 같으냐? 어떤 고난과 상대가 있어도 물러서지 않는다. 그것이 나 무신 석천패고, 나의 제자 진호의 길이다.

무신의 목소리는 시원시원하고 힘과 자신, 그리고 확신이 담겨 있었다.

진호는 그의 말을 들으며 입가에 미소를 머금었다.

"저도 그렇게 생각합니다."


기재들과 흑영들의 시체가 가득한 언덕 아래, 진호는 흑영대주와 대치하고 있었다.

흑영대주는 분노가 타오르는 차가운 눈으로 진호를 노려보며 서서히 다가왔다. 그는 절대 서두르지 않았다.

호랑이는 토끼를 잡을 때조차 전력을 다하는 법. 하물며 기재와 흑영들을 이리도 쉽게 학살한 놈이라면 더 말할 나위가 없었다.

다만 절대 도망은 가지 못하게 거리를 유지하고 있었다. 등을 돌리는 순간, 바로 저승길을 걷게 될 것이었다.

―힘들다 생각될 때는 기세의 묘(妙)가 중요하다. 일단 부딪쳐라, 제자야.

"알겠습니다."

진호는 그의 말에 따라 몸을 날렸다.

팔황의 기운이 전신에 돌며 그에게 더할 나위 없는 활력과 빠름을 주었다.

그의 몸이 한줄기 번개처럼 쇄도했다.

기재들과 흑영들은 깜짝 놀라 당황했던 속도에도 흑영대주는 차가운 눈으로 진호의 신형을 똑똑히 지켜보고 있었다.

'과연 다르다는 거군.'

순식간에 거리가 가까워지자 진호는 일퇴를 찔러 넣었다.

바람을 가르는 소리와 함께 언제나 익숙한 찌르기가 번개의 힘을 머금고 적을 향해 닥쳐갔다.

서늘한 눈으로 진호의 일퇴와 마주하던 흑영대주의 검끝이 번뜩였다.

그것은 지독히도 빠른 쾌검이었다.

그가 검을 휘두른 것은 진호의 주먹이 코앞까지 다가왔을 때임에도 찰나지간에 이미 검은 일퇴에 정면으로 맞서고 있었다.

손이 움직이는 것조차 보이지 않았다.

그의 검끝이 번뜩이는 순간, 이미 검은 그곳에 있었다.

검과 주먹이 맞부딪쳤다.

진호는 검을 통해 은은한 경력이 손을 타고 내부를 진탕하는 것을 느낄 수 있었다.

처음 그를 보았을 때 느꼈던 것과 같은 웅혼한 내력이었다.

하지만 사부가 말했던 기세의 묘를 잃지 않기 위해 재차 일퇴를 쳐 냈다.

"제법 빠르군."

흑영대주가 사선으로 올려붙이는 일퇴를 피해냄과 동시에

진호가 일뢰를 채찍처럼 휘둘렀다.

아까 전 백사장에서 흑영들과 싸우며 깨달았던 일뢰의 변화무쌍함을 마음껏 펼쳐내고 있었다.

"하지만 그래 봤자다."

흑영대주는 무시무시한 쾌검으로 그 공격들을 하나하나 막아내고 있었다.

그 검을 휘두르는 품이 너무나도 여유로워 보였기에 진호의 뺨이 꿈틀거릴 정도였다.

"그럼 그 얼굴에 한 방 먹여주지."

진호는 주먹이 터질 정도로 세게 쥐었다. 그와 동시에 몸 안에 도는 기운들을 주먹으로 모두 밀어 넣었다.

그리고는 힘차게 내질렀다.

그 공격은 경시하기 힘들었는지 흑영대주는 보법을 펼쳐 뒤로 재빨리 몸을 뺐다.

진호의 일뢰가 허공을 갈랐다.

팡.

허공을 가른 일뢰로부터 폭음이 터져 나왔다. 하지만 그래봐야 맞지 않은 공격에 지나지 않았다.

"고작 이 정도의 실력을 믿고 날뛴 것이냐?"

흑영대주의 입꼬리가 비틀어졌다.

"아직이다."

진호는 뒤로 몸을 날리는 그를 쫓아가며 다시금 일뢰를 쳐냈다.

"뭐가 아직인지 전혀 모르겠군."

그는 차가운 비웃음과 함께 검을 뻗었다.

검끝과 일뢰의 힘을 머금은 주먹이 격돌했다.

쾅.

살과 쇠붙이가 부딪쳤다고는 믿기 힘든 소리와 함께 진호의 주먹이 뒤로 튕겨 나갔다.

힘에서 밀린 것이다.

"큭."

진호는 손끝을 파고드는 아릿한 통증에 눈살을 찌푸렸다.

그런 진호를 바라보는 흑영대주의 눈은 제법 서늘해져 있었다.

말로는 비웃고 있지만 생각보다도 진호의 무위가 제법 강한 탓이었다.

휘두르는 주먹은 번개처럼 빨랐고 그 주먹에는 상당한 권력이 담겨 있었다.

처음 그의 권력을 받아들인 검을 쥔 손이 다소 떨릴 정도였다.

기재들과 흑영들이 맥없이 당한 이유를 납득할 수는 있을 정도였다.

물론 아직 비효율적인 움직임이 군데군데 보이고 쓸데없는 기력의 소모가 너무 많았다.

그렇기에 아직 자신의 상대는 되지 못한다.

"고작 이런 힘을 믿고 이리 날뛴 것이냐? 어이가 없군."

그는 차가운 눈으로 진호를 노려보았다.

"속단하기엔 너무 이른 것 같은데?"

진호는 전의를 불태우며 그의 말을 받았다.

"너는 건드려서는 안 될 이들을 건드렸다."

"이런 쓰레기들이 어딜 봐서 그런 상대인지는 모르겠군."

"길바닥을 구르는, 벌레만도 빈민 따위와는 비교가 되지 않을 고귀한 이들이었지."

"…네놈."

진호는 나직이 이를 갈았다.

한편 흑영대주의 뇌리에는 의문이 떠나지를 않았다. 이 섬에 납치하기 전 흑영대는 이미 그를 조사했었다. 하지만 이정도로 강한 무위를 가지고 있다는 소리는 단 한 번도 나오지 않았다.

조사에서도 나이에 비해 강하긴 했지만 그건 일반인의 범주일 뿐, 분명 무한의 거리에서 살아가는 독하고 생존본능이 투철한 소년일 뿐이었다.

삼류무공 하나를 익히고 있다고 했지만 그런 삼류무공 따윈 백년을 익혀도 기재 한 명도 제대로 상대하기 힘들었다.

하지만 저 소악귀는 아주 수월하게 기재들을 때려잡았다. 그렇다는 말은 다른 무공을 익히고 있었다는 말이다.

그런데 왜 이곳으로 잡혀 온 것인가? 아니 왜 지금까지 힘들게 쫓기다가 이제야 활개를 치고 있는 것인가? 단순히 기연이라고 하기에도 무언가 이상했다.

그렇다면 다른 세력의 첩자일 수도 있었다. 하지만 여러 정황을 살펴보았을 때 그런 가능성은 낮았다.

그야말로 지금으로선 추측하기도 힘들 지경이었다.

"그런 것은 땅바닥에 머리를 처박게 하고는 천천히 물어보면 될 노릇이겠지?"

"할 수 있다면 얼마든지."

"흥."

흑영대주는 코웃음을 쳤다.

그리고 그의 검이 등 뒤로 모습을 감추었다.

등 뒤에 검의 모습을 감추고 감춘 검의 끝을 대지로 향하게 하며 반대의 좌수는 앞으로 내민 무척이나 특이한 자세였다.

그 특이한 자세는 그가 익힌 검법의 기수식이었다. 검의 모습을 적의 눈앞에서 감추는 기수식은 정말 기괴하기 짝이 없었다.

기수식의 자세를 잡는 흑영대주의 눈이 더욱 서늘해졌다.

―온다.

무신의 말이 끝나기 무섭게 흑영대주의 신형이 그림자에 녹아 사라지듯 쇄도했다. 그리고 코앞에서 등 뒤에 감춘 검이 뱀처럼 휘어지며 그 날카로운 날을 번뜩였다.

진호는 갑자기 나타나 날을 번뜩이는 검에 다소 놀라고 말았다. 사각에서 나타난 데다 그 검이 무척이나 빨랐기 때문이었다.

먹이를 찾아 닥쳐오는 뱀처럼 이미 검은 코앞까지 닿아 있었다. 분명 검끝에는 무시하기 힘든 예기가 어려 있었다.

방금까지 상대하던 이들의 수수깡 같은 그것과는 확연히 달랐다. 하지만 피하기는 이미 늦었다. 그렇다면 취할 수 있는 선택은 방어뿐.

그리고 진호는 팔황의 기운으로 막아서는 자신의 강철 같은 육체를 믿었다.

진호는 대지에 발을 박아 넣듯 단단히 붙이고는 왼팔에 기를 몰아넣어 그 검에 맞섰다.

퍽.

작은 폭죽이 터지는 듯한 소리와 함께 진호는 한 발짝 뒤로 물러서고 말았다. 생각보다도 그의 검에 실린 경력이 많았던 탓이었다.

기재들과 흑영들의 어떤 공격에도 미동도 않던 그의 팔에는 작은 자상이 남아 있었다.

진호에게 쉴 시간을 줄 생각이 없는 것처럼 흑영대주는 쉴 새 없이 검격을 몰아쳤다.

갑작스레 사라져 사각에서 나타나는 쾌검은 지근거리로 다가올 때까지 인지하기조차 힘들었다.

사각을 찌르는 그의 검은 손이 사라졌다 싶으면 바로 코앞까지 달해 있는 그 검은 지독히도 빠르고 음험했다.

그가 익힌 암혼유령쾌(暗魂幽靈快)는 기세를 숨기는 특유의 성질과 사각을 노리는 검로, 그리고 극도로 빠른 쾌검의 성향을 동시에 가져 상대가 인지도 하기 전에 목을 베어버리는 사검(死劍)이었다.

음유(陰幽)하고 쾌속무비(快速無比)한 사검이 연달아 진호의 급소를 노리며 닥쳐왔다.

진호는 손 쓸 틈도 제대로 없이 뒤로 밀리고 있었다.

음유하게 사각을 노리고 찔러오는 검에 반응이 늦었기에 반격조차 제대로 하기 힘들었다.

조금이라도 대처가 늦으면 이미 검은 주먹을 피해 진호의 몸을 강하게 때리고 있었다.

팔황의 기운이 보호하는 진호의 몸은 단 하나의 치명상도 입지 않았지만 거듭된 공격에 조금씩 상처가 생기고 있었다.

뒤로 물러서며 일뢰로 흑영대주의 빈틈을 노리려고 했으나 그조차도 음유한 신법에 무용지물로 돌아가고 있었다.

"네놈을 잡아 죽지도 못하게 만들어주지."

그 순간 시야를 벗어난 검이 진호의 어깨를 스쳤다.

"그리고는 전신 곳곳을 아주 조금씩 다져주마. 그 후 숨기고 있는 모든 것을 하나도 남김없이 털어놓게 해주지. 죽어도 죽지 않고, 죽고 싶어도 죽을 수 없게 만들어 돼지우리에다 던져 넣어주마."

"입만 살은 건 내가 아니라 그쪽인 것 같군."

명백한 열세에 처해 있으면서도 진호는 말 한마디조차 지지 않았다.

하지만 분명 흑영대주의 검은 제대로 인지하기도 힘들 정도로 음험하며 빨랐고, 그 검에 실린 경력 또한 무시하기 힘들었다. 무신의 말대로 아직은 상대하기 힘든 잘 정련된 검사였다.

하지만 물러설 수는 없었다.

무신은 이제부터 걸을 패도의 길에는 물러서는 일 따위는 단 하나도 없다고 했다.

진호도 그 말에 절대적으로 동감했다. 이제는 더 이상 도망가고 물러설 마음은 없었다.

―…….

무신은 말없이 진호의 분투를 바라보고 있었다.

진호는 확실히 느꼈다.

흑영대주는 지금까지 그가 상대한 기재와 흑영들과는 확연히 다른 경지에 올라 있었다.

솔직히 말하자면 이 섬에 있던 흑영과 기재들이 모두 덤벼도 그 하나를 상대하기 힘들지 않을까 생각될 정도였다.

물론 흑영대주 또한 다소 당황을 금치 못하고 있었다.

실로 무식하게도 튼튼한 상대였다.

그의 빠르기에 당황하며 생긴 빈틈으로 열 몇 번의 공격을 정확히 찔러 넣었지만 제대로 된 치명상 하나 입히지 못했다. 기껏 해봐야 피륙의 상처가 전부니 난감하지 않을 리가 없었다.

그것도 거인처럼 크고 바위처럼 단단한 체격에 엄청난 외공을 익힌 거한이 아니라 이제 겨우 약관도 되지 않은 다소 마른 체격의 소년이었기에 더욱 그랬다.

분명 미래가 기대되는 상대였다.

지금도 이럴 터인데 만일 오랜 시간이 지난다면, 아니, 불과 몇 년만 지나더라도 자신은 바라볼 수조차도 없는 경지로 나아갈지도 모르는 인재였다.

하지만 그는 여기서 죽어야 했다.

섬에서 희생된 기재들과 흑영들을 죽인 대가를 그 목숨으로 치러야 했다.

그렇게 해도 자신은 책임을 면하지 못하겠지.


하지만 그 책임을 지기 전에 분명히 해야 할 것은 저 소악귀를 잡는 일이었다.

또다시 사각을 찔러오는 검끝을 진호의 눈이 놓치고 말았다.

"큭."

옆구리를 찔리며 진호가 낮은 신음성을 내뱉었다.

신경질적으로 오른 주먹으로 일뢰를 찔러 넣었다.

하지만 흑영대주는 가볍게 흘려 내듯 일뢰를 막아냈다.

"이제 슬슬 끝을 내주마."

흑영대주는 싸늘하게 표정을 굳히며 검의 속도를 서서히 높여 갔다.

이제 진호의 힘을 대부분 파악한 상태. 방심도 지체도 필요가 없었다.

흑영대주가 거의 전력을 다해 펼치는 암혼유령쾌는 말 그대로 목을 베기 위해 다가오는 유령처럼 빠르면서도 제대로 인지하기도 힘들 정도로 음험했다.

맞서는 진호의 손이 점점 바빠지고 있었다.

그리고 그 손을 피해 진호의 몸을 강타하는 검의 수도 점점 늘어가고 있었다.

그에 비례해 진호의 몸에 쌓여가는 부담 또한 커져 갔다.

─제자야.

그때 무신의 진중한 목소리가 머리를 울렸다.

'네.'

진호는 바쁘게 손을 놀리며 마음속으로 그 부름에 답했다.

─무공을 익힘에 있어 그 처음 한 걸음, 그 시작이 무엇인지 아느냐?

'잘 모르겠습니다.'

진호는 쉬지 않고 일뢰를 뻗으며 흑영대주에 검에 맞서고 있었다.

─자신을 믿는 것이다. 자신이 가진 것을 믿는 것이다. 자신이 배워 나갈 것을 믿는 것이다.

'……!'

진호는 크게 숨을 쉬었다.

─너 자신을 믿어라. 네가 가지고 있는 능력을 믿어라. 너와 함께 하는 나와 팔황의 힘을 믿어라.

무신은 계속해서 강하게 소리를 높였다.

─힘차게 내질러라. 네 힘을 신뢰하며 힘차게 주먹을 뻗어라.

'알겠습니다.'

무신의 일갈과 함께 내지르는 그의 주먹은 지금까지와는 다소 달랐다.

같은 일뢰지만 여태보다 조금 더 빨랐고, 조금 더 강해졌다.

흑영대주는 놀라며 갑자기 빨라진 그의 주먹을 검을 뻗어 다소 힘들게 막아냈다.

"이놈!!"

흑영대주는 갑자기 빨라진 진호가 여력을 남기고 있었음에 놀라며 재차 암혼유령쾌를 펼쳐냈다.

─눈을 크게 떠라. 그리고 움츠러들지 마라. 팔황의 기운이 깃든 네 힘은 저런 공격에 쇠하지 않는다.

또다시 일갈이 터져 나왔다.

진호는 감각을 날카롭게 가다듬고 눈을 크게 뜨며 뻗어오는 검을 똑바로 보았다.

언제나 한 치 앞에서나 보이던 검을 다섯 치 앞에서 감지할 수 있었다.

그럼에도 피하기는 늦었다.

하지만 상관없었다.

진호는 자신의 힘을 믿었다. 의심하지 않았다. 강철 같은 갑옷을 믿었다.

팅.

여태와는 다른 더욱 둔탁한 소리가 났다.

고통스럽긴 했지만 여태보다는 아프지 않았다. 이런 고통 따윈 아무것도 아니었다.

─믿어라. 너의 힘을 믿어라. 그리고 너와 함께하는 우리를

믿어라.

무신의 말과 함께 진호의 주먹이 더욱 빨라지고 있었다.

진정 하늘에서 번개가 내리치듯 그의 주먹이 점점 빠르고 강해져 갔다.

흑영대주의 손이 점점 바빠지고 있었다.

"큭."

그의 호흡이 거칠어져 갔다.

어두운 혼을 가진 유령의 신속(迅速)이 진호의 번개에 따라 잡히고 있었다.

그리고 진호의 주변을 감싸고 있던 반탄지기가 더욱 튼튼해져 가고 있었다.

검을 통해 닿는 손맛이 점점 둔탁해지고 얕아져 갔다. 이제 슬슬 공략해 나가고 있다고 생각했던 자신을 비웃는 것처럼.

얼굴을 스치고 지나가는 진호의 일격에 흑영대주의 뒷골이 서늘해졌다.

그의 검이 이루는 검격의 공간을 뚫고 처음으로 제대로 된 권이 그에게로 쇄도한 것이다.

―좀 더 빠르게. 좀 더 간결하게. 좀 더 과감히.

진호는 무신의 고함에 빠져버린 것처럼 미친 듯 앞으로 나갔다. 수없이 몰아닥치는 검격을 조금도 신경 쓰지 않으며 앞으로 밀어닥쳤다.

내리친 일퇴가 검과 마주치며 튕겨 나왔다.

하지만 아까 전과는 달리 흑영대주의 팔도 밀려나고 있었다.

바로 왼손으로 번개를 때려냈다.

흑영대주의 검도 바로 이어지며 그에 맞서왔다. 하지만 분명 아까 전과는 달랐다. 더 이상 일방적으로 밀리지 않았다.

흑영대주의 이마에는 식은땀이 흐르고 있었다.

옆을 내려치는 주먹을 피해 검을 찔러 넣었다.

하지만 상대는 다른 주먹으로 검면을 내려쳐 버렸다.

그의 몸이 휘청거렸다. 진호는 쉬지도 않고 또 다른 번개를 내리쳤다. 흑영대주는 발을 황급히 놀려 그 주먹을 피해내긴 했지만 실로 아슬아슬했다.

방금 전과는 확연히 틀렸다.

촌각 전만 해도 비록 방어는 튼튼하고 그 권은 쾌속하다고 해도 자신의 검로를 제대로 파악조차 하지 못했고, 그 권은 자신에게 닿지 않았다.

분명 소악귀와 자신 사이에는 커다란 간극이 있었다.

그의 판단으로는 절대 짧은 시간 안에는 채워지지 않을 간극이었다.

하지만 그 간극이 점점 줄어들고 있었다.

이건 착각도 뭐도 아니었다.

분명 소악귀는 전투를 통해 점점 빨라지고 강해지고 있었다.

그 속도는 실로 무시무시해서 흑영대주가 가지고 있던 상식마저 깨버리는 파격이었다.

'맞습니다.'

진호는 무신의 말을 긍정했다.

그 말이 맞았다.

진호는 갑작스런 힘에 아직 다 적응하지 못하고 있었고, 그 심층의 깊숙한 곳에는 부적응의 흔적이 불신으로 남아 있었다. 그렇기에 그 막강한 힘을 제대로 녹여내지 못한 것이다. 그 불신이 낳은 몸의 무거움이 지금은 상대하기 벅찬 흑영대주의 검을 상대하며 더욱 커져간 것이다.

하지만 무신의 일갈에 진호는 기억해 냈다.

자신은 팔황의 제자라는 것을.

그들이 선택한, 그들이 못 다한 길을 대신 걸어갈 이라는 것을.

―잊지 마라. 그리고 믿어라. 넌 팔황의 제자다. 나 무신 석천패의 권을 이은 자다.

"잘 알고 있습니다!! 사부."

진호는 크게 소리치며 양손으로 쉴 새 없이 번개를 내리쳤다.

그리고.

주먹을 강하게 움켜지며 망설임없는 일권을 뻗었다.

망설임 하나 없는 발이 대지를 강하게 내딛었다.

그리고 그 발로부터 올라온 힘과 기가 자연스럽게 회전하는 허리를 거쳐 내뻗는 팔로 달려나갔다.

주먹이 앞으로 튀어 나오는 순간 공기가 일렁이며 공간이 갈라지듯 일그러졌다.

진호는 직감했다. 이것이 망설임없이 뻗어낸 주먹, 진정한 일뢰의 편린이라는 것을.

도원경에서 무신이 펼쳐 보였던 그 초월적인 무로 다가가는 한걸음이라는 것을.

주먹에 모인 기운은 소리를 가르고 공간을 찢어발길 듯 쏘아졌다.

모든 것을 살라버릴 강력한 힘을 품은 번개의 주먹이 흑영대주에게 몰아닥쳤다.

그는 대경하며 검을 앞으로 뻗어 그를 막아섰다.

하지만 맞서기에는 역부족이었다.

망설임을 버린 진호의 일뢰가 품은 기운은 그의 검으로는 이미 감당키가 힘들었다.

캉.

커다란 기음이 울렸다. 그리고 검을 쥔 그의 손이 무서운 속도로 튕겨 나갔다. 그리고 그와 함께 검이 손을 벗어나 허공을 날았다. 허공에서 몇 바퀴나 회전하던 그 검은 저 멀리 떨어진 곳에 꽂히고 말았다.

"큭."

흑영대주가 신음성을 뱉었다. 전신이 지리는 듯 떨리고 있었다. 그의 권과 정면으로 마주한 탓이었다.

하지만 아직 그는 지지 않았다. 그렇기에 흐트러진 자세를 바로 잡아 갔다. 그의 무공은 단지 검에만 있지 않았다. 검에 비하면 부족하지만 장법과 수법 또한 익히고 있었다.

그러나 이미 자세를 고치기도 전에 그의 앞에는 주먹을 장
전한 진호의 신형이 닿아 있었다.

어떻게든 막아보려 했지만 이미 늦어 있었다.

"잡았다."

진호의 미소와 함께 흑영대주의 눈앞에 커다란 번개가 내리
쳤다.


"후우."

진호는 마지막 이를 제단 위에 올리며 숨을 내쉬었다.

진호는 섬을 샅샅이 뒤져 이곳으로 억울하게 납치되어 결국
죽음을 맞이한 육백삼십일 명의 유해를 모두 찾아내었다.

처음에는 매장을 할까 했지만 그러지 않았다.

이곳에 누가 올지도 모르는 일이고 땅에서 영면을 취하는
그들을 가만히 두지 않을 수도 있었다.

그렇기에 진호가 선택한 것은 화장(火葬)이었다.

산을 돌며 나무를 베고 그것들을 장작으로 만들었다.

육백 명을 한꺼번에 태워야 하니 마련해야 할 장작의 수는
결코 적지 않았다.

하지만 주먹 한 방에 거대한 나무를 쓰러뜨리고 단단한 거
목을 종이 찢듯 쪼갤 수 있는 진호였기에 그리 오래 걸리지는
않았다.

진호가 예상한 대로 아까 전 그가 사방을 쓸어버리는 모습
에 전의를 잃고 숨은 기재가 몇 명 있었다.

진호는 시체를 수습하며 그들을 찾았고, 그들을 협박하여 정보를 뜯어낼 수 있었다.

예상했다시피 이 섬은 몇몇 세가와 문파에서 선별한 기재들을 모아 훈련시키는 곳이었다.

"해남천가. 황보세가. 그리고 칠영단."

이 섬의 사건을 주도한 이들은 오대세가 중 하나인 황보세가와 해남에 있는 천가라고 했다.

황보세가의 경우 정확히는 방계, 산동에 위치한 본가가 아닌 해남으로 자리를 옮긴 분가에서 추진한 일이라고 했다.

안타깝지만 정확한 사정은 알아내지 못했다.

진호의 생각과 다른 것이 있었다면 흑영대가 그들에 속한 문파가 아니었다는 점이었다.

흑영대는 일종의 청부업을 하는 단체인 칠영단(七影團)의 일곱 개의 대(隊) 중 하나였다.

그들은 중원 전역을 상대로 하는 이들로 철저한 임무 수행을 모토로 하여 높은 명성과 신용을 얻고 있다고 했다.

"절대 그 이름들을 잊지 않으마."

진호는 그들의 이름을 단단히 머리에 새겨 넣었다.

불이 타오르고 있었다.

육백삼십일의 시신과 함께 커다란 불꽃이 타오르고 있었다.

사방을 모두 사를 듯 유난히도 붉게 넘실거리는 불꽃은 억울하게 죽은 그들의 분노를 보는 것 같았다.

"당신들을 잊지 않겠습니다. 아니, 당신들의 분노를 잊지 않겠습니다. 당신들을 납치한 이들이 반드시 정당한 대가를 치르도록 하겠습니다."

화장을 마치고 그들의 재는 모두 바다에 뿌렸다.

머리카락을 사르르 들어 올리며 장난치던 바람들은 그들의 뼛가루를 데리고 날아가며 수면 위에 살포시 올려놓았다.

―자, 이제 작은 원한 하나를 갚았다. 그럼 수련을 계속하자. 아직 갈 길이 멀다.

"알겠습니다."

진호는 고개를 끄덕였다.

그리고는 절벽 아래로 뛰어내렸다.

그의 몸은 순식간에 격류 속으로 묻혀 사라졌다.

그리고 커다랗게 입을 벌리고 있던 해저동굴이 진호의 신형을 꿀꺽하고 삼켜 버렸다.


한 달 전 갑작스레 섬으로부터 연락이 끊어졌다.

그리고 지금까지 어떤 연락도 오지 않았다.

해남천가와 황보세가의 분가, 그리고 중원에 남은 흑영대는 갑자기 끊어진 연락에 당황했다.

무슨 일이 일어난 것인지 알아내야 했지만 그럴 방도가 없었다.

야무해의 거친 바다는 겨울이 되면 그 풍랑과 파도가 더욱 거칠어지고 뒤덮인 안개가 한 치 앞도 분간할 수 없을 정도로 깊어져 어떤 배조차 들어갈 수가 없다.

섬에 있는 이들은 그들에게 있어 무척이나 중요한 이들이었다. 걱정이 되지 않을 리가 없었다.

그 초조함에 배를 띄우기도 했지만 모두 반월도에 가까이도 가기 전에 안개에 길을 잃고 거친 풍랑과 파도에 좌초되거나 구사일생으로 살아 돌아오곤 했다.

그렇기에 그들은 겨울이 지나고 배가 들어갈 수 있는 봄이 오기를 기다릴 수밖에 없었다.

그리고 일 개월이 지나 며칠 전. 천지에 살살 불어오는 봄바람과 함께 드디어 야무해의 안개가 다소 걷히고 파도와 풍랑이 잦아들었다. 그들은 그것을 확인하자마자 재빨리 배를 띄우고 반월도로 향했다.

반월도 안으로 커다란 동체를 자랑하는 배 한 척이 들어왔다.

섬에 정박한 그 배에서는 많은 이들이 한꺼번에 백사장으로 뛰어내렸다.

하지만 그렇게 힘들게 도착한 그들을 반기는 이는 기재들과 흑영들이 아니었다.

백사장에서 그들을 기다리는 것은 하나의 인영이었다. 그리고 그 주변은 검게 변색되고 굳어버린 모래들과 검은 옷을 입고 있는 해골들이 널려 있었다. 실로 으스스한 광경이었다.

그 풍경에 녹아들 듯 서 있는 인영은 넝마에 가까운 옷을 입고 있는 청년이었다.

그 청년은 진호였다.

그의 모습은 일 개월 전과는 달라져 있었다.

이 섬에서 기재들과 흑영들에게 쫓길 때는 물론이고, 무신의 힘을 얻어 그들을 때려죽일 때와도 확연히 달랐다.

고작 일 개월밖에 지나지 않았지만, 어느덧 소년의 모습은 사라져 있었다. 키는 서너 뼘 이상 더 자라 있었고, 어깨 또한 두 뼘은 더 넓어져 있었다.

게다가 전신에서 풍기는 기세는 무섭도록 날카롭게 정련되어 있었다. 일 개월 전 얻은 강력한 힘 사이로 군데군데 느껴졌던 어설픈 모습들은 대부분 사라져 있었다.

기세 그리고 기질, 모든 것이 달라져 있었다.

설사 다른 사람이라고 해도 믿을 정도였다.

그중 가장 달라진 것은 눈이었다.

진호의 눈은 얼어붙을 정도로 서늘하게 빛나고 있었다.

폭발할 것처럼 꾹꾹 눌러 쌓인 기세가 그의 눈동자를 통해 분출되고 있었다.

일 개월이란 시간, 도원경에 있던 그 시간은 짧았지만 또한 무척이나 길었다.

도원경의 시간은 현실보다 몇 배는 더 느렸다.

정확히 얼마나 지났는지는 알지 못했다. 하지만 꽤 오랜 시간을 보냈다는 것만이 그가 알고 있는 전부였다.

그리고 그 시간은 진호라는 한 소년을 잘 벼려낸 검과 같은 한 명의 무인으로 바꾸기 충분한 시간이었다.

일 개월 후 섬 밖에서 배가 온다는 것은 공포에 질린 기재 중 한 명에게서 들은 이야기였다.

그렇기에 진호는 그 시간에 맞추어 이렇게 그들을 기다리고 있었다.

"역시 또 왔군. 기다리고 있었다."

진호는 그들을 으르렁거리듯 차게 내뱉었다.

그리고 그 순간 그의 몸이 섬광처럼 앞으로 쏘아졌다.

반 시진 후.

백사장은 피로 물들어 있었다.

시산혈해(屍山血海).

사방이 시체의 산으로 가득했고, 그들로부터 흘러나온 피가 백사장을 붉게 물들이고 있었다.

주인을 잃고 구르는 머리들이 사방에 가득했고, 부러져 바닥을 나뒹구는 무기들이 말 그대로 지천에 널려 있었다.

진호는 차디찬 눈으로 그의 손을 벗어나려 버둥거리는 무사를 바라보았다.

목줄을 붙잡혀 새파랗게 질려 있는 그는 이 섬으로 들어선 이들 중 마지막 생존자였다.

진호는 마치 양떼 무리에서 날뛰는 짐승처럼 그들 무리를 헤집었다.

아무도 그를 막지 못했다.

"컥, 컥."

목줄을 붙잡혀 숨이 막히는 듯 무사는 몸을 비틀며 버둥거렸다.

그 모습을 바라보는 진호의 눈이 차갑게 빛났다.

뚝.

목뼈가 부러지는 소리와 함께 무사의 고개가 꺾여 추욱 땅바닥을 향해 처졌다.

진호는 명을 달리한 그 시체를 바닥으로 집어 던졌다.


그렇게 그들을 모두 해치운 진호는 절벽 위로 올라갔다.

그곳에는 예전엔 볼 수 없던 모습이 하나 보였다.

돌무덤이었다.

장정의 키보다 커다란 그것은 진호가 이 섬에서 희생된 이들을 기리며 하나하나 쌓아 올린 것이었다.

돌의 개수는 정확히 육백삼십일 개.

진호와 같이 끌려와 이 섬에서 희생당한 이들의 수와 같았다.

진호는 그 돌무덤을 향해 살짝 고개를 숙였다.

"여러분들의 그 깊은 원한에 비하면 너무나도 작은 것이지만, 여러분의 영전 앞에 저들의 피를 바칩니다."

진호는 고개를 들었다.

돌무덤의 전신에 하늘 위에 내려쬐는 햇빛이 반사되어 환하게 빛나고 있었다. 마치 진호의 염에 하늘 위에 있을 그들이 응답해 주는 것처럼.

"절대 잊지 않겠습니다, 저의 등 뒤에는 언제나 여러분의 원한이 함께한다는 것을. 그리고 그들은 스스로의 피로써 반드시 받아야 할 응보의 대가를 치를 겁니다."

돌무덤을 향해 힘차게 선언하는 진호의 얼굴은 굳은 결의의 빛이 짙게 배어 있었다.

진호는 절벽 위에서 안개가 자욱해 제대로 보이지 않는 수평선 너머를 바라보았다.

저 안개 너머에는 원수와도 같은 이들도 있고, 사부의 유지를 위해 물리쳐야 할 이들도 있었다.

아이들과 섬에 잡혀 온 사람들의 원한을 갚는 것도, 그 원한을 갚을 힘을 준 팔황의 유지를 잇는 것도, 그 둘 모두 지금 진호에게 있어 더할 나위 없이 중요한 일들이었다.

"사부."

―무슨 일이냐, 제자야?

그의 말에 무신이 답했다.

"힘을 주서서 감사합니다. 덕분에 저들의 넋을 조금이나마 위로할 수 있었습니다. 그리고 목표를 주서서 감사합니다. 제게 걸어갈 길을 주서서 감사합니다."

진호는 팔황을 처음 만난 바다 속 동굴을 향해 절을 하기 시작했다.

한 번, 두 번, 세 번… 그리고 아홉 번.

진호는 구배(九拜)를 올렸다.

―언제나 당당히 어깨를 피고 가슴을 내밀어라. 너는 우리의 자랑스러운 제자다.

"알겠습니다, 사부."

진호는 호탕한 무신의 말에 미소를 머금었다.

모든 것을 마친 진호는 절벽 위에서 바다를 바라보았다.

야무해라고 불리는 안개가 자욱한 바다는 여전히 한 치 앞도 분간하기 힘들 정도로 짙은 안개로 둘러싸여 있었다.

그리고 언제나 그러하듯 지독한 풍랑과 집도 삼켜 버릴 만한 커다란 파도, 그리고 거친 격류가 몰아치고 있었다.

예전 흑영대주는 말했다.

이 바다를 맨 몸으로 빠져나갈 수 있는 초인은 없다고.

그래. 그가 그런 말을 할 정도로 반월도의 바다는 난폭했다.

하지만.

─딱 자맥질하기 적적치 않을 바다로구나.

"저도 그렇게 생각합니다. 사부."

이들에겐 그런 안개와 거친 격류 따윈 아무렇지도 않았다.

진호는 바다를 향해 절벽에서 몸을 날렸다.

풍덩.

거친 물살에 몸을 담군 진호의 그림자가 무시무시한 속도로 앞으로 나아가더니 이내 섬에서는 그 모습이 보이지 않을 정도로 멀어져 갔다.

'기다려라. 곧 너희가 저지른 죄와 응보의 대가를 치르게 될 것이다.'

물살을 헤치며 나아가는 진호의 눈이 서늘하게 빛나고 있었다.

第八章
해남도 (海南島)

과거 해남에는 전설적인 무위를 자랑하는 무사가 있었다.

그는 모든 무기를 제 수족처럼 다루었는데 어떤 무기라도 그의 손에 들리면 신병이기와도 다름이 없었다고 한다.

그는 고아 출신으로 지나가던 낭인에게 처음 검술을 배웠다. 하지만 낭중지추(囊中之錐)라는 말로밖에 표현할 수 없는 그의 놀라운 재능은 검을 익힌 지 얼마 지나지 않아 그를 검호(劍豪)의 경지에 올려놓았다.

그는 검의 경지에 달했지만 검 하나에 만족하지 않았다. 곧 창을 집었고, 그는 해남에서 가장 창을 잘 다루는 이가 되었다. 그리고 집어 드는 무기마다 얼마 지나지 않아 경지에 달하게 되었다.

　해남은 중원과 떨어진 섬이라는 지형적인 요건에 의해 중원 무림과 그 궤를 상당히 달리하고 있었다. 해남의 무예는 지극히 실전적이었다. 언제나 왜구에 시달리던 환경적 요건 탓에 해남무인들의 무예에선 조금의 허례와 겉멋도 찾아볼 수가 없었다.

　그리고 실전적인 무예 탓에 그들은 무척이나 무기를 중시하곤 했는데, 그렇기에 중원의 어느 곳보다도 무기술이 기형적일 정도로 발전해 있었다. 도수공권의 무공을 익힌 이는 그 모습조차 찾아보기 힘들 정도였다.

　그런 해남이란 토양에서 손에 드는 어떤 무기라도 경지에 달하고, 그 무기로 최대의 효율을 낼 수 있는 무공을 만들어내는 남자의 존재는 그야말로 빛을 발하는 것이었다.

　그의 명성을 듣고 많은 이들이 찾아와 대결을 청했다. 그는 단 한 번도 대결을 거절하지 않았고, 단 한 번도 진 적이 없었다.

　수없는 대결을 경험하고 끊임없이 참오하며 수련해 나가는 그의 무공은 점점 더 깊어지고 강해져 갔다.

　그는 성품이 차분하고 선량하며 독선적이지 않았다. 수없이 많은 무기들을 잡고 그에 맞는 무공을 만들어 냈고, 그것들을 단지 자신의 손 안에 가두지 않았다. 그는 자신이 만든 무공을 남에게 가르쳐 주길 조금도 꺼리지 않았다. 어떤 이라도 그에게 조언을 구하면 그는 기꺼워하며 가르침을 주었고, 그의 인품과 끝없는 강함에 그를 추종하는 사람들이 점차 늘어갔다.

　그렇게 해남무림의 구석구석 그가 만든 무공들이 퍼져 나가기 시작했고, 시간이 흘러 해남무림의 어떤 무공에서도 그의 영향을 받지 않은 것이 없었다.

　그는 어느샌가 해남의 사람들로부터 만병제(萬兵帝)라고 불리기 시작했다. 그들은 모든 무기를 수족처럼 다루는 그에게 경의와 경외를 담아 그렇게 부르기 시작했고, 그도 그 호칭을 무척이나 마음에 들어했다.

　그렇기에 그가 중원으로 나서 실종되었을 때 사람들의 안타까움과 슬픔은 상상을 초월하는 것이었다.

　사람들은 그가 남긴 유산을 칭송하며 해남 곳곳에 그의 사당을 짓기 시작했다. 그렇게 중원 곳곳에 관제(關帝)의 사당이 있는 것처럼 해남 곳곳에는 그 자리를 만병제의 사당이 대신하고 있었다.

　그로부터 오랜 시간이 흐른 지금에도 그의 무용과 전설 같은 강함은 사람들의 사이에 아직도 회자되고 있었다.


　해남(海南)의 남방(南方), 해안가를 접한 한 마을이 있었다.

　주변의 마을들 중에서는 가장 인구가 많고 다니는 물류도 많아 언제나 활기가 넘치는 곳이었다.

　어른들은 날이 밝으면 바다로 나가 고기를 잡고, 여성들은 길쌈을 하고 그물을 손보며 집안일을 하고, 아이들은 마을을 쏘다니며 활기차게 돌아다녔다.

　마을 앞의 바다는 언제나 사람들에게 풍족함을 베풀어 주었고, 사람들은 서로 돕고 인정을 나누며 즐겁게 살아가고 있었다.

하지만 오늘 그 마을 전체는 싸늘한 긴장감이 둘러싸고 있었다.

"흐흐. 쓸모없는 저항을 하기는."

"그러게 말입니다."

"뭐… 이런 것도 나쁘진 않지 않습니까? 어차피 몸이 찌뿌듯했는데 이럴 때 몇 명 정도 그대로 회를 쳐 버리면 그 찌뿌듯한 게 확 나아버리지 않겠습니까?"

"흐흐. 그것도 그렇구나."

"큭……. 이놈들."

마을 사람들은 그물과 낚시 도구들 대신 죽창과 식칼 같은 날카로운 흉기들을 들고 있었다.

그들의 표정은 언제나의 화목함과 풍요로움을 누리던 즐거움 대신 앞으로 닥칠 일에 대한 공포와 긴장으로 가득 차 있었다.

마을 사람들의 앞에서 그들을 조롱하며 비웃는 이들은 이 주변을 횡횡하는 해적들이었다.

그 수는 비록 적지만 독하고 잔인하며 언제나 피를 뿌리고 다니기로 유명한 해적 흑두파가 바로 그들이었다.

십에 달하는 마을 청년과 남자들에 비하면 해적들의 수는 적었다. 그들의 수는 대략 사십 정도. 하지만 그들이 가진 흉흉한 빛을 뿌리는 칼과 아무리 봐도 허술한 죽창을 든 마을사람들의 모습이 비유적으로 이 상황을 나타내 주고 있었다.

그들은 인근에서 악명을 떨치는 해적들로 마을을 불태우고 사람을 죽이는 것을 그 업으로 하는 이들이었다. 그리고 그에 반해 마을사람들은 기껏 해봐야 어부에 불과했다. 그러니 애초부터 상대가 될 리 없는 것이었다.

"어이구. 뭔 쓸데없는 반항들을 다 하시나……. 그저 가진 것 좀 나누자는 것뿐인데."

"그러게 말입니다. 거 박복한 사람들이지 말입니다."

"그래. 가진 건 나누며 살아가는 거지. 힘들게 번 돈도, 가진 물건도, 그리고 여자도. 모든 건 나누며 살아가는 거지. 큭큭."

"백번 지당하신 말씀입니다."

해적들은 낄낄대며 사람들에게로 서서히 다가가고 있었다.

"…어, 어떡하죠?"

죽창을 겨누고 있는 사람 중 한 명이 손을 떨며 촌장에 물었다.

"맞서야지. 그렇지 않으면 마을이 불타고 아이들은 죽고 여자들은 끌려가 갖은 치욕들을 당할 거다. 그러고 싶냐?"

"아… 아닙니다."

촌장의 서슬 퍼런 고함에 사람들의 눈빛이 바뀌었다. 그렇다. 여기서 저들을 막아내지 못한다면 지금까지의 모든 행복이 불타 버리는 것과 다름이 없었다.

무조건 막아내야 했다.

그렇게 그들이 공포와 긴장 속에서 다가오는 해적들에게 맞서려 할 때였다.

물살을 가르며 헤엄쳐 온 한 청년이 이들에게로 걸어오고 있었다.

허름하다 못해 걸레짝 같은 옷을 입은 청년이었다.

하지만 입고 있는 복식과는 달리 정심하게 빛나는 눈동자와 선이 굵은 얼굴로 꽤 눈길을 끄는 인상을 하고 있었다.

한쪽에선 험악하게 생긴 해적들이 칼을 들고 있고 한쪽은 그들에게 맞서며 대치하고 있는 곳이면 길을 피할 법도 한데, 그 청년은 눈치도 없는 것처럼 태연히 그들의 가운데로 들어왔다.

그리고는 마을 쪽을 한 번 쳐다보고 다시 해적 쪽을 바라보았다.

"넌 뭐냐?"

갑자기 나타나 그들 사이로 끼어든 청년의 모습에 흑두파의 두목 오삼모는 황당한 얼굴로 물음을 던졌다.

"마을 놈인가 봅니다."

"그도 아니면 죽고 싶어 환장한 놈인가 보죠."

옆에서 수하 해적들이 재잘대고 있었다.

그들 중 한 명이라도 무예를 제대로 익힌 이가 있었다면 이런 말은 나오지 않았을 것이다.

그런 이가 있었다면 청년의 전신에서 풍겨 오르는 소름이 절로 돋을 법한 기세를 느꼈을 것이기 때문이었다.

그 기세를 알아챘다면 아마 뒤도 돌아보지 않고 도망쳤을

것이다. 하지만 무척 안타깝게도 그들에게 그런 눈을 가진 이
는 없었다.

"어디서 온 놈이냐? 못 보던 얼굴인데?"

"이보게, 여기서 도망치게나. 여긴 위험하다네!"

마을 쪽에서도 갑자기 나타나 끼어든 청년을 걱정하는 소리
가 터져 나왔다.

그때 해적 쪽으로 고개를 돌리고 있던 청년의 입이 열렸다.

"…도적들인가?"

청년의 목소리는 침착했고, 힘이 실려 무척이나 또렷하게
울리고 있었다.

"도적 따위랑 비교하다니 섭하지. 우리들은 이 근방에서 울
던 아이들의 울음조차 그치게 한다는 해적 흑두파시다."

"아아, 그렇군."

청년은 차가운 미소를 지으며 고개를 끄덕였다.

"혹시 해서 묻지만 좋은 의도가 있지는 않겠지?"

"당연한 소리를. 마을은 불태우고, 남자는 죽이고, 여자는
챙겨야지. 큭큭."

무엇이 우스운지 해적들은 낄낄대며 점점 더 다가오고 있었
다.

"그럼 주저할 이유는 하나도 없군."

청년이 고개를 끄덕인 순간.

그의 신형이 해적들의 시야에서 사라졌다.

"응?"

그리고 나타난 청년의 주먹은 번개처럼 한 해적의 머리를 날려 버렸다.

머리 잃은 해적의 몸뚱아리가 힘없이 바닥에 무너져 버렸다.

"뭐… 뭐야?"

"저놈이!! 족쳐 버려!!"

해적들은 갑자기 날아와 동료를 죽인 청년의 모습을 보고 분노하며 뛰쳐들었다.

하지만 그것이 그들의 실수였다.

보이지도 않는 속도로 다가와 한 명을 죽였을 때, 무언가를 깨닫고 도망가야 했다. 그렇다면 적어도 한 명 정도는 그 구차한 목숨을 구할 수 있었을지도 모른다.

안타깝게도 그들이 택한 선택지는 도주가 아닌 싸움이었다.

그리고 청년, 아니, 진호를 상대하기에 사십도 안 되는 해적들의 수는 너무나도 적었다.

휘두르는 칼에 정면으로 일뢰의 번개를 마음껏 때려냈다.

팔황의 수련을 겪으며 더없이 닦아온 일뢰는 일 개월 전의 그것보다 훨씬 빨랐고, 훨씬 강해졌다.

이런 해적들 따위는 조금도 막아낼 수가 없었다.

쨍강.

접시가 깨지는 듯한 소리와 함께 칼날이 깨져 비산했다. 그리고 그 주인의 얼굴 또한 같이 박살 나버렸다.

얼굴이 반쯤 뭉개지고 피를 토하며 저 멀리 날아가 땅을 뒹구는 해적의 모습에 주변의 사기는 급속도로 떨어졌다.

그리고 그들의 사이에서 진호는 마음껏 주먹을 휘둘렀다.

가슴뼈가 뭉개진 한 명은 뼈가 장기를 찌르며 커다란 핏덩이를 토하고는 그대로 절명했다.

그 공격을 단 한 번이라도 막아낼 수 있는 이는 없었다.

칼로 막으면 칼날째 박살 내버리고, 나무에 숨으면 나무째 박살 내버렸다.

해적들이 어떻게 발버둥 친다 한들 그의 주먹을 막아낼 수가 없었다.

"으악!!"

"괴… 괴물이다!!"

마치 양 떼 속에 날뛰는 늑대처럼 해적들을 그 주먹으로 쓸어버리는 진호의 모습에 그들은 극심한 혼란에 빠졌다.

"도… 도망가지 마라!! 싸워, 싸우라고!!"

흑두파의 두목인 오삼모는 어떻게든 부하들을 모아 보려 했다.

정확히는 자신이 도망갈 시간을 벌어줄 희생양들을 앞에 모으려고 한 짓이었다.

"네놈이 두목이로군."

하지만 무척이나 안타깝게도 그 고함이 진호를 그의 코앞으로 불러들이고 말았다.

그는 공포에 질려 손에 든 유엽도조차 버려 버린 채 도망가기 시작했다.

진호는 문득 발을 멈추고 눈앞의 유엽도를 집어 들었다.

진호는 살아오며 단 한 번도 이런 유엽도를 들어본 적이 없었다.

하지만 지금 유엽도를 잡은 손에서는 이것을 어떻게 사용해야 하는지, 그리고 이 유엽도가 자신과 어떤 교감을 하고 싶어 하는지 그 목소리마저 들리고 있었다.

그것은 진호가 도원경에서 얻은 팔황의 또 다른 공능 중 하나였다.

진호는 수중에 잡은 유엽도의 속삭임을 들으며 도망가는 해적 두목을 향해 신형을 날리며 손을 움직였다.

그와 동시에 마치 유엽도가 섬전을 그린 듯 날아가 아주 가볍게 해적의 목을 베었다.

실로 깔끔한 도법이었다.

그 쾌속함과 그 도초가 간직한 힘은 어떤 도의 고수가 봐도 감탄할 수밖에 없는 움직임이었다.

진호는 그 움직임을 느끼며 살며시 미소를 지었다.

그와 동시에 도원경에서의 기억이 떠올랐다.

일 개월 간 진호는 많은 것을 배웠다.

무신은 지금 가장 시급한 것이 진호의 그릇을 키우는 것이라고 했다. 아직 자신 이외에 다른 이들의 진전을 손에 넣기에는 진호의 그릇이 모자라다고 했다.

그렇기에 진호는 필사적으로 수련했다.

그리고 그 수련이 계속됨에 따라 다른 팔황들을 만날 수 있게 되었다.

그들은 그야말로 일세의 기인들이었다.

진호는 그들을 통해 여태껏 알지 못했던 새로운 세상을 연달아 볼 수 있었다.

물론 아직 그들의 진전을 담기에는 가진 바 그릇이 모자랐기에 뒤로 미룰 수밖에 없었다.

하지만 각고의 노력 끝에 다른 한 명의 진전을 더 이을 수 있게 되었다.

—나는 만병제(萬兵帝)라고 한다.

그는 세상에 존재하는 모든 무기의 달인으로 어떤 무기라도 그의 손에 들리면 신병이기와 다름이 없었다.

—사부라……. 그건 좀 낯간지러운데. 그냥 형이라고 불러.

그는 삼십 대 초반 정도로 보이는 장한이었는데 호탕하고 호방하며 할 말 다하는 무신과는 달리 다소 소탈한 느낌을 풍기고 있었다.

쉽게 표현하자면 동네 옆집 형과 비슷한 느낌이라고 할까?

물론 진호로선 그런 친숙한 느낌의 형이 있었던 적은 한 번도 없지만 아마 있었다면 이와 같은 모습이지 않을까? 라고 생각하고 있었다.

그는 하나의 기예를 가르쳐 주었다.

—내가 너에게 주고자 하는 것은 하나. 그 이름은 일원만병공(一元萬兵功)이라고 한다.

일원만병공은 어떤 무기를 들어도 최고의 효율을 낼 수 있게 하는 기공(奇功)이었다.

어떤 종류의 검도, 어떤 종류의 도도, 창과 활, 아니, 세상에 존재하는 어떤 무기도 다룰 수 있게 하는 무공. 그것이 일원만병공이었다.

그리고 그 일원만병공의 기초, 소성(小成)을 이룸과 동시에 진호는 도원경에서 나왔다.

이유는 단순했다.

무신과 만병제의 진전은 그저 수련만으로는 늘지 않기 때문이었다.

실전.

두 사람의 진전 모두 수많은 실전이 뒷받침되어야 했다.

아니, 애초에 이론과 엄청난 오성(悟性)을 필요로 하는 종류의 절학이 아니었기에 지금의 진호가 그 그릇에 담을 수 있었던 것이다.

이제 진호에게 남은 과제는 그릇에 담은 두 사람의 진전을 익혀 경지에 오르게 하고, 그로 다시 그릇을 넓혀 다른 팔황들의 기예 또한 담아내는 것이었다.


하늘 높게 뜬 해적 두목의 머리는 이내 바닥을 굴러 바다로 풍덩 들어가 버렸다.

그렇게 단 일각도 지나지 않아 일각도 지나지 않아 그들은 스스로의 목숨으로 잘못된 선택의 대가를 모두 치르게 되었다.

뚜벅, 뚜벅.

해적 모두를 때려죽이고 이쪽으로 다가오는 진호의 모습에 마을사람들은 긴장된 얼굴로 바라보고 있었다.

분명 진호가 자신들의 마을을 위협하던 해적들을 모두 해치웠지만, 그가 그 후 어떻게 행동할지는 그들로선 알 수가 없었다.

확실한 건 만일 그가 나쁜 마음을 먹는다면 자신들의 마을도 오늘로서 없어져 버릴 것이란 사실이었다.

그렇기에 다가오는 진호를 바라보는 그들의 얼굴은 더할 나위 없이 딱딱하게 굳어 있었다.

뚜벅뚜벅 걸어 다가온 진호는 촌장을 앞에 두고 그 입을 열었다.

"여기가 해남도(海南島)가 맞습니까?"

"…맞습니다. 무사님."

촌장은 조심스레 눈치를 살피며 고개를 숙였다.

진호의 눈빛은 차분히 가라앉아 고요히 빛나고 있었다. 방금 전 수십의 해적을 맨손으로 때려잡았다고는 생각조차 할 수 없을 정도의 고요함이었다.

그 눈에 악의라고는 한 점 찾아볼 수 없었지만 촌장으로서는 도저히 긴장의 끈을 놓을 수가 없었다.

"그렇군요."

진호는 고개를 끄덕였다.

방향을 틀리지 않게 도착한 것이다.

"그건 그렇고 한 가지 부탁드릴 것이 있습니다."

"…얼마든지 말씀하십시오."

촌장은 진호의 말에 떨리는 목소리로 답했다.

"밥 좀 얻을 수 있겠습니까? 무척이나 허기가 져서 말입니다."

"어… 얼마든지요."

무척이나 정중한 요청에 오히려 당황한 촌장은 황급히 고개를 숙이며 사람들에게 눈짓했다.

슬쩍 눈치를 보고 있던 사람들은 촌장의 고갯짓을 보고는 후다닥 마을로 뛰어갔다.

그 후 진호는 마을에서 아주 융숭한 대접을 받았다.

그들은 상다리가 부러질 정도로 거하게 상을 차렸고, 진호는 무척이나 허기진 배를 양껏 채워 넣었다.

반월도에서 나와 해남으로 방향을 잡고 헤엄친 것이 무려 나흘이었다. 그동안 챙긴 식량들을 조금씩 먹기는 했지만 턱없이 모자랐고, 덕택에 진호는 무척이나 굶주려 있었다.

흑영대주가 아주 자신만만하게 이 섬의 누구도 배를 타지 않고는 섬을 빠져나갈 수가 없다고 했지만 이미 팔황 중 두 명의 진전을 이은 진호에겐 그다지 어려운 일은 아니었다.

그는 안개를 뚫고 거친 파도와 바람을 헤치며 반월도와 야무해를 벗어나 해남에 도착했다.

문득 진호의 시선이 입고 있던 옷에 닿았다.

원래 빈민가에서 살던 진호의 의복이 좋은 것일 리는 없겠

지만, 섬에서의 고된 추격전과 수련으로 인해 이미 걸레짝과
도 다름이 없었다.

게다가 피와 먼지, 진흙으로 범벅된 옷이 나흘 동안의 바다
생활을 거치니 이제 걸레로도 쓰기 힘들 정도로 너덜거리고
있었다.

"옷도 한 벌 얻을 수 있겠습니까?"

"당장 가지고 오겠습니다."

마음 한편에 서려 있던 우려와는 달리 진호의 태도가 무척
이나 정중했기에 촌장은 이제야 비로소 마음을 놓을 수 있었
다.

마을을 위협하는 해적들을 소탕한 진호는 마을의 은인이었
다. 그가 부탁하는 것이라면 마을의 배라도 내어줄 생각이었
다.

마을 사람들이 달려가 진호에게 의복을 가져다주었다.

"감사합니다."

진호는 옷을 받아들며 고개를 숙였다.

"별 말씀을요."

그들은 그런 진호의 모습이 다소 부담스러운지 손을 흔들며
고개를 숙이는 진호를 만류했다.

그렇게 융숭한 대접을 받고 진호는 마을을 나섰다.


─해남의 땅을 밟는 것은 무척이나 오랜만이로구나.

만병제의 목소리는 무척이나 아련한 빛을 띠고 있었다.

그에게 있어 해남이란 곳은 나고 자라난 고향을 넘어서는 아주 커다란 의미를 지니고 있었다.

—고맙다, 진 아우.

만병제는 진심 어린 목소리로 진호에게 감사를 표했다.

"아닙니다. 저 또한 형님의 도움이 없었다면 이미 죽었을 몸. 오히려 제가 감사를 표하는 게 맞는 일이겠지요."

—그렇게까지 말하면 낯이 뜨거워지는데.

만병제는 다소 쑥스러워하는 투로 말했다.

가끔 그가 과거 강호를 제패한 팔황의 일인이라는 것을 까먹을 정도로 그의 성격과 말투는 소탈했다.

팔황 중 그에게 말을 걸어오는 이는 아직 무신과 만병제뿐이었다. 다른 이들은 가끔 필요한 경우를 제외하곤 말을 삼가곤 했다. 그것은 그들의 성향에 기반한 일이기도 했지만, 아직 진호의 그릇이 그들을 담을 수 있을 정도로 커지지 않았기 때문이기도 했다.

진호는 낮은 산의 둔덕 위에 올라 지평선 너머 저 멀리를 바라보았다.

"천가가 저기쯤 있겠군."

지평선 너머 멀리 떨어진 그곳에는 분명 해남의 명문이라 자처하는 천가가 자리하고 있을 것이었다.

천가를 떠올리는 것만으로도 진호의 눈이 더욱 차가워졌다.

그 섬의 일을 주도한 것은 해남천가와 그들과 손을 잡은 황보세가의 방계들이었다. 그들이 흑영대를 고용하여 중원 곳곳에서 사람들을 납치하고 섬으로 잡아오게 했다. 그랬기에 진호는 영문도 모른 채 섬으로 끌려왔으며 아이들은 아무런 죄도 없이 그 어린 나이에 생을 접어야 했고, 섬으로 끌려온 사람들은 모두 비참하게 죽어 나갔다.

그러면서도 저들은 아무런 죄책감도 갖지 않았다.

아니, 아주 당연하게 여기고 있었다.

고귀한 혈통을 타고난 자신들은 사람들을 이끌 존재다. 그리고 그런 자신들에게 하찮은 이들의 생명 정도야 별 신경도 쓰이지 않을 정도로 사소한 희생일 뿐이었다.

그들은 그렇게 생각하고 있었다.

그리고 진호는 그런 그들을 조금도 용서할 생각이 없었다.

천가의 기둥뿌리까지 태워 버리리라. 진호의 눈이 분노와 원한으로 차갑게 불타고 있었다.

—제자야, 이제 어떻게 할 생각이냐?

무신이 물었다.

"곧바로 천가로 달려갈 것입니다. 그리고 마땅히 그들이 받아야 할 피의 대가를 치르게 할 것입니다."

진호의 목소리는 단호했다.

자신의 어깨에는 죄없이 죽어간 사람들의 한이 실려 있었다. 그들의 비통한 목소리가 귓가에 울리고 있었다.

—그리 좋지 않은 판단이로구나.

하지만 무신의 대답은 진호의 예상과는 다소 벗어난 것이었다.

"무슨 뜻입니까, 사부?"

진호는 의아함을 숨기지 못했다.

―너무 서두른다고 했다.

"어째서 그렇게 이야기하시는 겁니까? 저는 단 일각도 그들과 같은 하늘을 이고 살아갈 마음이 없습니다. 서두르는 것이 절대 아닙니다. 전 강합니다. 그들 정도는 쉽게 베어버릴 수 있습니다."

진호의 목소리에는 짙은 살의가 배어 있었다. 예전처럼 무조건적으로 살의에 휘둘리는 일은 없었지만 천가와 황보세가를 생각하면 절로 목소리에 살의가 베이는 것은 어쩔 수 없는 일이었다.

―갈(喝)! 뛰지도 못하는 놈이 날 생각부터 하는구나.

무신의 말은 신랄했다.

―그래. 넌 강하다. 하지만 아느냐? 넌 턱없이 약하다. 네가 앞으로 걸을 길에 비하면 지금 쌓은 적공(積功)은 그야말로 한 톨 먼지에 불과하다. 그래, 복수는 중요하다. 원한을 두고 가만히 바라보는 것은 군자의 도가 아니지. 하지만 네가 진정으로 서둘러야 할 것은 복수가 아니다. 네가 앞으로 걸을 길은 멀고도 험하다. 원한에 눈이 멀어 서두르지 마라.

"그렇지만…."

―성급히 재단하지 마라. 네가 갈 길은 절대 해남에서 끝나지 않는다. 황보는 오가의 일부, 그를 건드리면 오가가 일어서고, 오가가 일어서면 구파가 함께한다. 그들은 거인이다. 수없

이 오랜 세월 중원을 지배하며 힘을 길러온 거인인 것이다. 그런 그들을 상대하려 하면서 무작정 뛰어만 가려 하는 것이냐?

무신의 말이 맞았다.

진호는 분명 강했다. 당장 중원에 나가도 그의 무명을 아주 쉽게 떨칠 수 있을 정도였다. 하지만 그가 걸을 길을 생각하면 턱없이 모자라기도 했다. 만일 천가에 손을 뻗은 것이 황보의 방계뿐만이 아니라 직계도 포함이 되어 있다면 진호는 그들에게 죄를 물을 것이다.

그리고 그들과 싸우게 되면 오가의 모두가 진호의 적이 될 것이다. 또한 구파도 그들과 함께 진호에게 맞설 것이다. 그 말은 온 강호가 진호의 적이 될 수 있다는 말과도 같았다.

그런 그들을 모두 상대하기에 아직 자신은 턱없이 약했다.

그래. 사부의 말대로 자신은 뛰지도 못하면서 날 생각부터 하고 있는 것이 맞을지도 몰랐다.

모든 것을 다 깨우쳤기에 섬에서 나온 것이 아니라는 걸 잠시 잊고 있었다. 섬에서 나온 것은 진전을 이은 무신과 만병제의 기예가 수없이 많은 실전을 통해 닦아 나가야 하는 것들이기 때문이었다. 그야말로 아직 갈 길이 먼 것이다.

―그래, 마침 해남은 아주 좋은 곳이지. 수없이 많은 강자들이 있고, 다양한 무기를 쓰는 이들도 많아. 나의 무공을 이해하고 소화하여 네 것으로 만들기에 더없이 적합한 곳이지. 그러니 일단 그들과 싸우며 참오하고 수련하여 더욱 힘을 닦아라. 그것이 우선이야. 네 복수는 도망가지 않는다. 네가 그곳으로

갈 때까지 그들은 아주 굳건히 자리 잡고 있을 것이야.

만병제도 무신의 말을 거들었다.

"알겠습니다.

진호는 고개를 끄덕였다.

그래, 적들은 도망가지 않는다. 그리고 결국 그들이 맞이할 운명은 변하지 않는다. 그저 아주 조금 그들이 숨을 쉬는 시간이 늘어날 뿐인 것이다.

─마음이 급해서는 아무것도 이루지 못한다. 지금은 일단 네가 가진 무를 닦고 이해하며 소화하고 더욱 높이 쌓아 올려야 할 때다. 그것을 잊지 말아라.

"네."

─명심해라. 맹수는 절대 함부로 이빨을 드러내지 않는다.

"명심하겠습니다."

─그러니 지금은 힘을 비축해라. 그리고 기억해라. 네가 그 날카로운 이빨을 드러냈을 때 너의 적들은 모두 네 앞에 무릎을 꿇을 것이다.

"……."

진호는 눈을 빛내며 무신의 말을 마음속 깊이 새겨 넣었다.

第九章
비무행 (比武行)

　─아우가 해남에서 할 일은 아주 간단해. 천가로 향하는 길
에 있는 모든 문파에 들려 그들에게 비무를 청하는 거지. 그리
고 이겨라. 그렇게 계속 나아가면 네 이름은 금방 해남 전역에
퍼지기 시작할 거야. 그리고 많은 이들이 몰려와 네게 비무를
신청하겠지. 그렇게 계속 싸워 나가라. 수많은 이들이 가진 수
많은 무기들을 겪고, 그것을 익혀가며 강해져라. 참오하고 수
련하며 이해하고 넘어서라.

　만병제의 말에 따라 진호는 천가로 향하는 길 도중 가장 가
까운 문파에 들렀다.

　"경검문(景劍門)이라."

　머리 위에 걸린 현판에는 그렇게 써저 있었다.

　─해남의 무인들은 걸어오는 비무를 웬만해선 거절하지 않아. 끝없는 실전이 자신들을 더욱 강하게 해준다는 것을 잘 알고 있기 때문이지.

　만병제의 말대로 경검문의 이들은 비무를 원하는 진호의 청을 거절하지 않았다.

　진호는 안내를 따라 경검문의 연무장으로 향했다.

　그곳에는 열 몇 정도의 무사가 검을 수련하고 있었다.

　걸음을 옮기며 진호는 그들의 검을 유심히 바라보았다.

　그중 나이가 지긋해 보이는 장년의 남성이 다가오는 진호를 향해 시선을 돌렸다.

　그는 처음에는 아직 약관도 되어 보이시 않는 진호의 모습을 보며 다소 의아한 얼굴이었지만 이내 진호의 전신에서 풍기는 기세를 느끼고는 진지한 어투로 입을 열었다.

　"무슨 일로 왔는가?"

　"경검문의 검을 견식하러 왔소."

　진호는 조금도 기세를 감추지 않았다.

　전신에서 흘러나오는 패도적인 기세는 절대 그를 단순한 청년의 모습으로 보이지 않게 하고 있었다.

　"그렇군. 나는 경검문의 문주 하일호다."

　"진호라고 하오."

　"무인의 결투에 잡다한 허례 따윈 필요하지 않지. 먼저 내 제자가 우리 경검문의 검을 보여줄 것이다. 양정, 이리로 와라."

　"알겠습니다."

한 청년이 그의 부름을 받고 뛰어나왔다.

이마에 땀이 송글송글 맺혀 있는 이십대 후반 정도의 청년이 진호의 앞에 섰다.

평범한 외형이었지만 제법 키가 커 날카로운 인상을 주는 청년이었다.

"내 제자 중 하나다."

"양정이다."

그는 소개 후 곧바로 검을 들었다.

그와 동시에 사람들이 뒤로 물러났다.

경검문의 기수식은 다소 독특했다. 몸은 뒷발에 무게중심이 실려 다소 뒤로 기울어 있었고 검은 찌르기 좋게 몸과 수직으로 중단에 위치하고 있었다.

"무기는 쓰지 않나?"

"그렇군. 검을 쓸까 하는데 한 자루 빌려주시겠소?"

진호는 문득 고개를 돌려 하일호에게 말했다.

무례할 수도 있는 질문이지만 진호의 표정은 지극히 진지했기에 하일호는 고개를 끄덕였다.

그러자 무사 중 한 명이 다가와 진호의 손에 검 한 자루를 올려 주었다.

"고맙소."

가볍게 고개를 숙이며 진호는 검을 뽑아 들었다.

검신의 길이는 삼 척 칠 촌가량, 너비는 손가락 한마디 정도였다.

물론 문파의 검이었기에 양정의 검 또한 그 생김새가 완전히 똑같았다.

이 검을 손에 들자 이 검에 적합한 형태의 검로가 떠오르기 시작했다.

어떤 무기도 다룰 수 있게 하는 일원만병공의 공능이었다.

"자, 시작하겠다."

문주의 양손이 마주치며 메마른 소리가 연무장에 울려 퍼졌다.

그와 함께 양정은 신형을 날렸다.

진호 또한 그에 맞서 신형을 날렸다.

양정은 중단으로 세운 팔을 탄력적으로 접었다 다시 펴며 검을 찔러 넣었다.

쏜살처럼 내달리던 양정의 검끝이 일순 흔들리더니 곧 세 자루의 검영을 그려냈다.

각기 양 어깨와 검을 든 손을 노리고 있었다.

진호는 그에 마주하며 검을 찔러 넣었다.

그의 검이 섬광처럼 앞으로 쏘아졌다.

그리고 진호의 손목이 슬쩍 탄력적으로 회전함과 동시에 검끝이 흔들리더니 찔러오는 양정의 검영들을 모두 쳐 내버렸다.

"헉."

검을 든 손이 완전히 옆으로 튕겨 버리자 양정의 가슴 부분은 막아설 것 하나 없이 텅 비어 있었다.

그 커다란 빈틈을 노출한 양정의 목에는 어느새 서늘한 검신이 닿아 있었다.

"졌습니다."

"좋은 검이었소."

양정은 힘 빠진 어조로 패배를 자인했다.

너무나도 맥없는 패배였다.

방심하진 않았다. 경검문의 검을 익힘에 있어 방심은 무엇보다 용납되지 않는 일. 다만 상대가 너무 좋지 않았을 뿐이었다.

그 광경을 바라보던 하일호의 눈에 기광이 번뜩였다.

진호의 속도는 양정의 그것을 가볍게 넘어섰고, 그 힘은 양정의 검을 가볍게 쳐 버릴 정도로 강력했다.

주변에 있던 제자들은 한 수에 패배를 선언한 양정을 보고 놀란 눈을 하고 있었다. 그는 제자들 중에 손꼽히는 검을 가지고 있었다. 그럼에도 너무도 쉽게 제압되어 버렸다.

"강하군."

하일호는 중얼거리며 검을 뽑아 들고 앞으로 나섰다.

방금 보았던 진호의 검기(劍技)는 단 일 수였지만 실로 범상치 않았다. 자신 이외에 경검문에서 저 검기를 당해낼 이는 없다고 그는 확신하고 있었다.

"내 제자는 경검문의 검을 보여주기에는 미숙했던 것 같군. 실망했다면 미안하네. 내 이번엔 제대로 경검문의 검을 보여 주겠네."

그의 목소리는 무척이나 진지했다.

"기대하겠소."

"그럼 시작하도록 하지."

하일호는 검을 중단으로 들어 올렸다.

한 발을 내딛음과 동시에 그의 검이 번뜩였다.

처음부터 그는 전력을 다했다.

방금 본 비무에서 진호의 검이 결코 가볍지 않다는 것을 온몸으로 체감했기 때문이었다. 그는 평생을 검에 바친 무인이었다. 그 정도는 충분히 알아볼 눈이 있었다.

길고 얇은, 찌르기를 중시하는 검의 형태에 걸맞게 신체 여섯 곳을 동시에 점하며 닥쳐오는 찌르기는 무척이나 빨랐다.

진호는 침착한 눈으로 닥쳐오는 쾌검을 바라보았다.

그리고 검을 든 손을 움직였다.

일원만병공의 공능에 따라 그의 검이 상대를 향해 섬전처럼 내달렸다.

탱, 탱, 탱, 탱.

순식간에 공격과 공격이 맞부딪치며 날카로운 소리를 사방에 퍼트렸다.

하일호는 진호의 검과 마주한 손이 은은하게 떨리고 있음을 느꼈다. 그의 검에 실린 경력이 생각보다 더욱 강했던 것이다.

그의 입가에 미소가 어렸다. 강자와의 싸움은 그로서는 언제나 환영하고 있는 것이었다.

그런 싸움이 자신의 검을 가다듬게 하고 더 강하게 만들어

주는 것을 그는 너무나도 잘 알고 있었다.

"하앗!"

하일호는 기합성을 내뱉으며 앞으로 몸을 날렸다.

그리고 그의 검이 번뜩였다.

천경검의 마지막 초식인 천경광(千景光)이었다.

별이 빛나는 것과 같은 밝은 빛과 함께 그의 검이 허공을 가르며 닥쳐왔다.

그의 검은 여섯 방향을 동시에 점하고 있었다.

개개의 검은 모두 날카로웠다.

쉬이 대하거나 피하려고 했다가는 낭패를 볼 것이 뻔했다.

하지만 진호는 그 둘 중 어떤 것도 택할 생각이 없었다.

―경시하지 마라. 손에 든 검의 목소리를 듣는 거다.

만병제의 말에 묵묵히 고개를 숙이며 진호는 다가오는 검에 맞섰다.

손에 든 무기의 소리에 귀를 기울였다. 그리고 검이 그리고 싶어 하는 검로를 따라 몸을 움직였다. 일원만병공의 공능에 따라 손이 그 검로를 그리기 시작했다.

진호는 오른발을 앞으로 내딛음과 동시에 몸의 탄력을 이용해 검을 앞으로 찔러 넣었다.

그 검은 마치 섬전처럼 내달려 닥쳐오는 검에 맞서갔다.

그리고 두 검이 마주쳤다.

힘과 힘의 충돌이었다.

"큭."

결과는 금방 나왔다.

진호가 연무장 위에 두 다리를 굳건히 버티고 서 있는 반면에 하일호는 입가에 얇은 피 한 줄기를 흘리며 한쪽 무릎을 꿇고 겨우 검을 붙잡아 그 몸을 지탱하고 있었다.

하일호는 진호와 정면으로 마주친 순간 느낀 엄청난 힘에 전율했다. 이 청년은, 아니, 이 무인은 그로서는 감당키 힘든 이였다.

"좋은 비무였소."

진호가 먼저 그에게 다가가 손을 건넸다.

그는 진호의 손을 잡고 일어섰다.

"내가 졌소이다."

그렇게 그는 패배를 인정했다.

"진 소협, 대단한 무위였소."

하일호는 일어서 정중히 그에게 포권의 예를 취했다.

"경검문의 검 또한 무척 매서웠소."

진호 또한 그를 마주보며 포권했다.

그렇게 하일호와의 비무가 끝남과 동시에 진호는 경검문을 나섰다.

게으름을 부릴 시간은 없었다.

해남은 넓고 무인은 많았다.

그 상대들을 두고 한가하게 보낼 시간은 단 일각도 없었다.

수없이 많은 이들을 상대하고, 그 경험을 토대로 수련하며, 끊임없이 강해져야만 했다.

그것이 지금 진호의 머리를 지배하는 단 하나의 생각이었다.


며칠 후.

해남의 한 지방에 위치한 주점에는 오늘도 거나하게 취한 사람들로 가득 차 있었다.

주점의 주인 집안의 비법 과실주는 그 풍미가 독특하고 뒷맛이 깔끔해 언제나 주점은 만석을 자랑하곤 했다.

"그러고 보니 자네 소문 들었나?"

그중 한 탁자에 앉은 제법 덩치가 큰 장한이 동석한 이에 물었다.

"무슨 소문 말인가?"

거북이처럼 목이 길쭉하게 뻗은 남자는 술잔을 입으로 기울이며 물었다.

"최근 해남의 남쪽에서 어떤 무인이 가는 길에 있는 모든 문파에 들려 비무를 청한다고 하더군."

"아, 그거 나도 들었네. 벌써 그가 찾아간 문파 수만 스물이 넘는다더군. 그리고 그중 단 한 번도 진 적이 없고. 거기다 더욱 놀라운 것은 들리는 소문으로는 그가 이제 겨우 약관을 넘은 청년이라고 하더군. 이미 그 근방에서 내로라하는 무인들이 모두 달려가 그에게 비무를 청하고 있다 하던데."

"뭐야, 이미 알고 있었나?"

"모를 리가 없지 않은가? 이미 이 주변에는 그 소문을 듣지 않은 자가 없을 것일세."

"그렇군. 그나저나 놀라운 일이야. 환도문의 쾌도무쌍(快刀無雙)도, 만창문의 일엽창(一葉槍)도, 철궁문의 일시삼살(一矢三殺)도 전부 십초를 버티지 못했다고 하니 그 무위가 실로 심상치 않으이."

"그뿐이겠는가? 해남 남부에서 손꼽히는 강호라는 불리는 삼검수사(三劍修士)와 호겸왜동(虎鎌矮童)도 그의 상대가 되지 않았다고 하지 않나?"

그렇게 두 사람은 술잔을 나누며 현 해남을 뜨겁게 달구는 소문에 대해 열띤 이야기를 쏟아냈다.

그들 또한 강해지고 싶은 열망으로 가득 찬 무인이었기에 그 이야기를 하는 그들의 눈빛에는 짙은 호승심과 호기심이 빛나고 있었다.

"좋아."

"우리도 그리로 가보도록 하세."

"당장 가세나. 어디로 향하는지는 아나?"

"해남의 정중앙을 가로지르고 있다하니 뭐 어렵지 않게 따라잡을 수 있겠지."

"아주 좋군. 그럼 당장 출발하세나."


한 자루 유엽도가 바람을 가르며 닥쳐왔다.

진호는 앞으로 내밀고 있는 수중의 창으로 작은 원을 그리며 그 도를 옆으로 비껴내었다.

그리고는 비어 있는 옆구리를 창대로 후려쳤다.

“큭.”

한줄기 신음성과 함께 유엽도를 휘두르던 도객이 무릎을 꿇었다.

“좋은 비무였소.”

진호는 그를 향해 가볍게 포권했다.

“이쪽이야말로 좋은 경험이었습니다.”

상대 또한 정중히 포권하며 고개를 숙였다.

주변에는 스물 정도 되는 이들이 그 광경을 바라보고 있었다.

그들의 수중이나 허리춤, 그리고 등에는 하나같이 무기가 들려 있었다.

진호와 비무를 하기 위해 주변에서 몰려든 무사들이었다.

호전적이고 호승심이 넘치는 해남 무인들답게 진호의 소문이 퍼지자마자 많은 무사들이 몰려들었다.

진호는 그들의 청을 단 하나도 거절하지 않았다.

아니, 오히려 그가 적극적으로 반기는 상황이었다.

무기술이 발달하고 정통보다는 각각의 개성이 살아 있는 해남무림답게 도전해 오는 이들은 제각각의 무기를 가지고 있었다.

“이번엔 내가 도전하지.”

이번엔 쌍검을 든 이가 앞으로 나섰다.

“얼마든지 환영하오.”

그를 반기는 진호의 손에는 방금 전 상대가 쓰던 유엽도가 들려 있었다.

이 비무의 암묵적인 규칙이었다.

진호와 상대해 패배를 인정한 이들은 다음 비무에는 자신들의 무기를 진호에게 빌려주어야 했다.

물론 그 비무를 끝내면 진호는 그들에게 다시 무기를 돌려주었다.

원래 스스로의 무기를 타인에게 넘기는 것은 절대 해서는 안 될 금기와도 같은 행동이었지만 진호의 강함과 끝도 없이 사람들을 상대하는 패도적인 기세에 감복한 이들은 흔쾌히 자신들의 무기를 잠시 빌려주곤 했다.

게다가 자신보다 더 그 무기를 능숙하게 다루는 그의 기술을 보기 위해 적극적으로 자신의 무기를 건네는 이도 있었다.

진호는 수중에 쥔 유엽도를 슬며시 바라보았다.

전신에 돌고 있는 일원만병공의 기운이 이 도에 알맞은 최적의 길을 알려주고 있었다.

그 목소리는 처음 해남에 발을 디뎠을 때보다 더욱 커지고 더욱 또렷해져 있었다.

진호는 유엽도의 목소리를 듣고 그에 호응하며 허공에 그 날카로운 궤적을 그렸다.

버드나무처럼 휘어진 도신이 뱀처럼 휘어 들어가며 마주치는 쌍검의 옆을 휘감아 공중으로 날려 버렸다.

패배를 인정한 이의 쌍검을 들고, 극(戟)을 든 이와 싸웠다. 그리고 그 극을 들고는 당파를 지닌 이와 또다시 맞섰다.

그렇게 하루에도 수십 번을, 그것도 제각기 다른 무기를 사용하며 진호는 끊임없이 비무를 이어가고 있었다.

그렇게 가는 길에 문파가 보이면 어김없이 그곳에 들러 비무를 청했다.

거절하는 곳은 없었다.

만병제의 말대로 이들의 기질은 호승심과 무에 대한 갈망으로 넘치고 있었다.

그렇게 밤이 오고 비무를 청하는 이들이 없을 때는 진호는 그날의 비무들을 떠올리며 수련을 거듭했다.

그날 얻은 깨달음과 알게 된 바들을 하나하나 복기하고 되새김질하며 필사적으로 수련을 해 나갔다.

그에 비례하여 일원만병공의 성취 또한 점점 늘어가고 있었다.

무기를 든 손이 가벼웠다. 아니, 손에 들린 무기 또한 진호의 손길을 느끼면 가볍게 몸을 떨며 그를 반겨오는 것 같았다.

무기들이 외치고 있었다. 나를 이렇게 써달라고.

비무와 수련이 점점 날을 더해갈수록 그 목소리는 점점 커지고 뚜렷해져 갔다.

그러면서도 진호는 잊지 않고 있었다.

이 길의 끝에 자리한 천가의 존재를.

같은 하늘을 이고 살 수 없는 원한을 그에게 준 그들을 진호는 단 한 번도 잊지 않고 있었다.


해남에서 가장 큰 도시인 해구(海口)에는 현 해남무림에서 가장 강성한 세력을 자랑하는 가문이 자리하고 있었다.

이십 년 중원에서 넘어와 해구에 자리를 잡은 그 가문은 놀랄 만한 속도로 주변의 문파들을 없애거나 통합시키며 그 세력을 키워 종내에는 해남에서 두 손가락 안에 드는 위치까지 오르게 되었고, 이제는 호시탐탐 제일의 자리를 노리고 있었다.

지극히 수법이 지극히 강압적이고 비열하며 뭇 사람들의 원성을 샀지만 그들은 조금도 신경 쓰지 않았다.

그 가문은 바로 해남천가였다.

그 천가의 심처에 성난 고성이 울려 퍼지고 있었다.

"지금 그걸 말이라고 하는 건가!!"

소리를 지르는 깃은 타오르는 듯한 붉은 장포를 입은 장한이었다.

"면목이 없습니다, 가주님."

그 앞에서 연신 고개를 숙이는 이는 염소수염을 기른 학사풍의 남자였다.

붉은 장포를 입은 장한, 해남천가의 가주 천도군의 얼굴은 일그러질 대로 일그러져 마치 악귀의 모습을 보는 것 같았다.

"반월도에 보낸 기재들과 무사들이 모두 죽었다고? 그걸 지금 나보고 믿으라는 소리인가? 도대체 일처리를 어떤 꼴로 해야 그런 일이 생기는 건가?"

"죽여주십시오."

해남천가의 총관 염부는 그의 앞에서 납작 엎드려 부복한 채 고개조차 들지 못하고 있었다.

변명할 거리도 없었다.

천가가 온 힘을 다해 모은 기재들과 힘들게 키운 무사들이 하루아침에 모두 비명을 달리했다.

그 손실은 실로 커 피해를 복구하려면 절대 짧은 시간으론 불가능했다.

반월도에 기재들을 보내 훈련시키는 계획을 세우고 실행하던 이는 염부였기에 그 책임은 더욱 컸다.

"그래, 섬을 그 꼴로 만든 놈들은 도대체 언제 내 앞으로 끌고 올 것인가?"

"지금 천가의 무사들이 필사적으로 찾고 있습니다. 조금만 더 기다려 주십시오."

"장난하나? 나는 그딴 말을 듣기를 원하는 게 아니다. 당장 내 눈앞에 그 망할 놈들을 무릎 꿇리라고 하는 것이다."

이번에 입은 손해는 최소 오 년 이상의 퇴보를 의미하는 것이었다. 해남 일통을 바라보는 시점에 먹은 불의의 일격인 것이다. 당연히 야망과 야심에 불타고 있던 그로서는 도저히 참아내기 힘든 일이었다.

거기에 반월도에서 목숨을 잃은 천수광은 그의 사생아였다. 비록 제대로 챙겨주진 못했지만 혈육의 정마저 없는 것은 아니었다.

게다가 그 성정이 폭급하고 얕아서 그렇지 천수광의 자질은 무척이나 뛰어났다. 보기 드문 무골이었던 것이다.

천도군은 분을 겨우겨우 참아내며 책상 위에 손을 올렸다.

“오 일의 시간을 주겠다. 그 시간 안에 그놈인지 그놈들인지의 정체를 알아내지 못하면 그날이 네 제삿날이 될 것이다.”

천도군의 손에 잡힌 책상의 모서리부분이 썩은 과일처럼 찌그러들었다.

그 책상은 단단함이 강철과도 같다는 자단목으로 만들었다는 것을 염부는 잘 알고 있었기에, 침을 삼키는 목울대가 유독 크게 떨리고 있었다.

“그리고 사당을 부수는 일은 어떻게 되어가고 있나?”

“네, 해남 곳곳에 투호대와 승룡대를 파견해 임무를 수행케 하고 있습니다.”

“방해는?”

“소수의 이들이 막아서고 있기는 하나, 모두 격살하고 있습니다.”

“…….”

“남해무문이 침묵하고 있는 이상, 만병제의 사당을 모두 불태워 버리는 데는 보름이면 충분할 것으로 생각됩니다.”

“흥, 중원에선 이미 잊혀진 지 오래된 이름 따위를 숭상하다니. 실로 무지하고 병신 같은 놈들이로군.”

천도군의 얼굴에는 아직 채 가시지 못한 열기와 비릿한 미소가 동시에 걸려 있었다.

第十章
투호대

팔
황
지
로
八
荒
之
路

“으윽.”

청색 무복을 입은 묘령의 여인이 아미를 찌푸렸다.

그녀의 얇고 가냘픈 팔에는 한줄기 상흔과 함께 피가 흘러 내리고 있었다.

겉보기로도 그녀의 상태는 썩 좋아 보이지 않았다.

무척이나 색이 진한 청색 무복의 곳곳은 베이고 찢어진 흔 적들로 가득했으며 드러난 피부에는 붉은 상흔들의 모습이 보 였다.

백설처럼 하얀 이마와 오똑 선 콧날에는 굵은 땀방울이 잔 뜩 맺혀 있었고, 앵두처럼 붉은 입술에는 거친 숨이 끊임없이 새어 나왔다.

누가 보아도 낭패를 겪고 있다는 것을 쉽게 파악할 수 있는 상태였다.

그녀는 주위를 둘러보았다.

스물 정도의 이들이 그녀의 주위를 둘러싸고 포위한 상태였다.

쉬이 빠져나갈 공간은 보이지 않았다.

아니, 꼬리를 만 개처럼 도망갈 순 없었다.

다른 장소, 다른 상황이라면 모르겠지만 지금은 고려할 가치조자 없는 판단이었다.

"큭큭. 무의미한 반항이라니까."

"그러게. 쓸모도 없는 검법 하나로 우리들을 다 상대하겠다는 게 말이나 되는 소리냐고."

"해남의 기녀(奇女)라 불러봐야 우리들의 상대를 하기엔 턱없이 모자라."

그녀를 둘러싼 이들은 조롱하듯 킥킥대고 있었다.

"길고 짧은 건 더 대봐야 알겠지요."

그녀는 입술을 깨물며 옥수(玉手)에 들린 검파(劍把)를 더욱 세게 움켜쥐었다.

그녀의 눈이 포위망 너머 한편에 향해 있었다.

그곳에는 그리 크지 않은 건물이 하나 있었다.

그리고 그 건물의 주변에는 불씨들이 타오르고 있었다.

아직 본격적으로 옮겨 붙지는 않았지만 빨리 손을 써주지 않는다면 저 불씨는 건물을 태워 버릴 것은 명약관화한 일이었다.

하지만 포위를 뚫는 것은 여간 힘든 일이 아니었다.

그녀를 둘러싼 이들은 하나같이 피를 연상시키는 붉은 무복을 입고 있었다. 그리고 가슴 결에는 금색 실로 하늘 천(天)자를 새기고 있었다. 해남에서 저런 복식을 한 이들은 하나밖에 없었다.

그들은 바로 해남천가의 무사들이었다.

"지금이라도 검을 놓고 항복하면 더 험한 꼴은 보지 않게 해주지."

"누가 아나? 거기에 극락(極樂) 구경까지 할 수 있을지도."

"큭큭, 그거 나도 같이 가보고 싶군."

"치졸하게 노는 것만큼 입에도 걸레를 물었군요."

그녀는 거친 숨을 내뱉으며 손에 쥔 검날을 기울였다.

이젠 모험을 해야 했다.

더 시간을 끌었다가는 더 좋지 않은 상황으로 갈 수도 있었다.

검을 우하단의 사선으로 기울였다.

그리고 그와 동시에 그녀는 발을 힘차게 내딛었다.

그녀가 익힌 절기 비어쾌검(飛魚快劍)이 기울여진 검날과 함께 쏘아졌다.

발을 힘차게 박참과 동시에 손에 쥔 검이 상리와는 완전히 다른 궤도로 힘차게 솟아올랐다.

그녀의 검이 그리는 궤적은 마치 폭포를 거슬러 뛰어오르는 듯 강력하고 폭발적이며 빨랐다.

비어쾌검의 절초 중 하나인 신어등룡(神魚登龍)이었다.

하지만 그녀의 검을 마주하는 이들의 표정에는 여유가 넘쳐 흘렀다.

그리고 그들 중 몇몇이 그녀의 검에 맞서 손에 든 제각각 다른 무기들을 휘둘렀다.

그들이 그리는 궤적은 신어등룡의 검초에 실린 검력에 비하면 그야말로 형편없는 것이었다.

하지만.

"핫."

이상하게도 그녀는 놀란 숨을 들이키며 뒤로 검을 물려야 했다.

그들이 그리는 궤적이 그녀가 그린 검로의 핵심과 중추를 파고들었기 때문이었다.

후발선제(後發先制)니 이화접목(梨花接木)이니 하는 고절한 수법은 절대 아니었다.

마치 그들의 움직임은 그녀의 검을 모두 파악이라도 한 것처럼 움직이고 있었던 것이다.

만약 검을 물리지 않고 그대로 뻗었다면 그녀의 공격은 맥없이 잘린 후 커다란 빈틈을 낳을 것이고, 그 빈틈으로 남은 이들이 들이닥칠 것이 뻔했다.

정확히 호흡을 잘라오는 그들의 반격에 그녀는 그야말로 속수무책으로 몰릴 수밖에 없었다.

“남해무문(南海武門) 따위의 무공으로 우리 천가의 힘을 당해낼 수 있을 것 같으냐?”

“되도 않는 문파 따위가 막기에 천가의 힘은 너무나도 강하지.”

“그러니 좀 헛된 발악은 그만하라고.”

“뭐, 앙탈 부리는 것도 나쁘진 않지만. 큭큭.”

남해무문의 소문주이자, 무문주의 고명딸이기도 한 남운령은 그들의 조롱에 고운 아미를 잔뜩 찌푸리고 있었다.

남해무문은 해남제일의 세력을 가진 문파로 공명정대함과 담대한 기상으로 많은 해남인들의 존경을 받고 있었다.

아주 당연하게도 해남제일을 노리는 천가는 남해무문을 무척이나 적대시하고 있었다.

하지만 해남제일의 무인이라 불리는 남해무문주가 버티고 서 있었기에 천가로서도 섣불리 덤벼들지는 못했다.

백병무왕(百兵武王)이라는 별호를 가진 남해무문주는 해남의 모두가 인정하는 해남제일인으로 그가 가진 무력은 실로 엄청난 능히 일문을 홀로 감당할 수 있다고 했다.

그는 어떤 무기라도 가리지 않고 능히 다루었는데, 그 능숙함이 그 무기를 평생 고련한 이에 버금간다고 했다.

해남에선 감히 감당할 자가 없다고 알려진 엄청난 무위와 공명정대한 협객의 풍모를 가진 그는 모든 해남인들의 우상과도 마찬가지였다.

하지만 오 년 전 무문주이자 그녀의 아버지가 정체를 알 수 없는 독에 당해 쓰러져 버렸다.

해남제일이라 불리는 무인인 그로서도 감당하기 힘든 절독(絶毒)이었다. 아니, 그였기에 죽지 않고 버티고 있는 건지도 모른다. 어쨌든 강압적이고 비열한 방법으로 급속도로 세를 확대하는 천가를 막아서는 방파제 역할을 하던 남해무문주가 그 자리에서 빠지자 상황은 급속도로 나빠지고 있었다.

남해무문주의 중독은 분명 천가에서 비열한 암수를 쓴 것일게 뻔했지만 그저 심증만 있을 뿐, 물증이 없었다.

그리고 그를 이어 문주의 위를 대행하는 부문주는 봉문을 선언해 버렸다.

기둥이 되던 남해무문이 아무것도 하지 않자 해남무림은 그야말로 혼란에 빠졌다. 그리고 자신을 막아설 이가 사라지자 천가는 신나 날뛰며 점점 더 그 마수를 해남 곳곳에 뻗치기 시작했다.

그들은 아직도 해남 곳곳에 자리한 만병제의 이름을 해남에서 지워 버리고 싶어 했다.

그들은 해남에서 가장 먼저 언급되고 칭송되어야 할 이름은 마땅히 자신들의 차지라고 생각했다.

이제 죽은 지도 삼백 년이 넘은 그런 골방 냄새나는 이름 대신 자신들의 위명을 해남 곳곳에 떨치고 싶어 했다.

그들은 자신들을 막아서는 문파를 결코 용서하지 않았다.

지극히 강압적이고 독선적인 그들의 행동에 불만을 가지는 이들은 많았으나 천가의 세력이 워낙 강성하였기에 그 불만을 직접적으로 표출하는 이들은 거의 보이지 않았다.

그렇지만 많은 이들이 바라고 있었다.

하루라도 빨리 남해무문주가 체내의 독을 털고 일어나 남해무문의 봉문을 풀어 천가를 물리치고 다시 해남을 예전처럼 돌려놓을 것을.


잠시 볼 일이 있어 이 근방을 지나가던 남운령은 어떤 일을 하려던 천가 투호대의 무사들을 보고 눈을 치켜뜨며 뛰어들었다.

하지만 그곳에 있던 투호대의 수가 너무 많았다. 그야말로 중과부적이었다.

지독히도 음험해지고 날카로운 공격들이 그녀가 구사하는 무공의 맥을 무섭도록 정확히 끊어버리고 있었다. 무공이 파훼되고 있는 것이었다.

그녀는 해남제일의 후기지수라 평가받고 있었다. 그런 그녀조차도 현재로선 겨우겨우 버텨내는 것밖에 할 수 없었다.

"자, 슬슬 태워볼까?"

그녀의 시선이 계속해서 건물 방향으로 향하는 것을 본 투호대의 무사 하나가 그녀를 놀리듯 불씨를 들고 그쪽으로 가까이 갔다.

"…안 돼!!"

그녀는 소리를 지르며 신형을 날렸다.

그녀의 검이 비어쾌검의 또 다른 절초인 목어승무(木魚陞廡)

를 발출했다.

팔방으로 쏘아지는 쾌검의 잔광이 주변을 몰아쳤다.

하지만 그녀의 판단은 너무 성급했다.

그녀가 뛰쳐나오는 것을 그들이 노리고 있었기 때문이었다.

투호대 무사들이 그리는 무기들의 궤적이 그녀가 그리는 검의 호흡을 잘라냈다.

흐름이 끊기고 좌우로 고립된 검초는 그야말로 삼류무공만도 못한 것이었다.

게다가 이미 몸을 운신할 공간도 없었다.

그녀가 몸을 피할 경로와 공간은 이미 투호대의 무사들이 점하고 있었다.

그들은 그녀가 검을 휘두를 공간조차 주지 않기 위해 몸으로 밀어 들이닥쳤다.

그녀는 어떻게든 몸을 운신하고 검을 휘두르려 애썼지만 그녀의 가냘픈 팔은 거세고 거친 투호대 무사의 손에 붙들리고 말았다.

결국 그녀는 저항조차 하지 못할 정도로 단단히 결박되고 말았다.

그리고 그런 그녀를 조롱하며 투호대의 무사 한 명은 손에 쥐고 있던 불씨를 사당에 던져 넣었다.

이른 봄, 습기가 적어 메마른 목재는 무서울 정도로 빠르게 타오르기 시작했다.

사당이 타오르고 있었다.

입조차 결박되어 아무런 소리도 낼 수 없는 그녀의 눈에 분함과 무력감이 섞인 한 방울 눈물이 맺히고 있었다.


"응?"

길을 걷던 진호는 문득 저 멀리서 피어오르는 검은 연기를 보았다.

신경 쓰지 않으면 보이지 않을 정도로 떨어진 곳이긴 했지만 그곳에서 피어오르는 연기는 모닥불을 피울 때 나는 그런 것이 아니었다.

솟아오르는 연기는 유독 검게 물들어 있었고, 틈틈이 재가 섞여 날리고 있었다.

진호는 그곳을 향해 신형을 날렸다.

진호의 뒤를 따르던, 그와 비무를 하기 위해 모여들었던 이들은 갑작스레 뛰쳐나가는 진호의 모습을 보며 잠시 고개를 갸웃거렸지만, 이내 몇몇은 그가 향한 방향으로 그를 쫓아갔다.

진호는 숲을 헤치며 달려갔다.

팔황 중 두 명의 진전을 이어 두 명분의 내단을 상당수 녹인 만큼 그의 전신에선 놀랄 만한 내공이 흐르고 있었고, 그 내공을 통해 발출되는 경신법의 속도는 그야말로 놀라웠다.

물론 단순히 용천혈을 통해 내기를 발출함으로써 속도를 얻는 단순 무식한 수법이었지만 그 속도만은 무척이나 빨랐다.

연기가 점점 가까워지고 있었다.

그리고 그곳에 가까워질수록 왠지 기분이 절로 나빠지는 웃음소리도 같이 들려오고 있었다.

진호는 더욱 속도를 올렸다.

얼마 지나지 않아 그는 연기가 피어오르는 시발점에 도착할 수 있었다.

그곳에서 진호가 본 것은 누군가의 사당으로 추정되는 건물이 불타오르고 있는 것과 한 묘령의 여성이 결박되어 있는 모습이었다.

진호는 눈살을 찌푸렸다.

대강의 상황이 짐작이 간 터이기 때문이었다.

문득 그의 시선이 옆에 닿았다.

그곳에는 아주 익숙한 복식을 입은 이들의 모습이 잔뜩 눈에 들어왔다.

그들은 갑작스레 나타난 진호를 경계하며 으르렁거리고 있었다.

"네놈은 누구냐?"

"죽고 싶지 않으면 당장 꺼져라."

하지만 그들을 바라보는 진호의 입에는 낮고 차가운 미소가 걸리고 있었다.

그들이 입고 있는 옷이, 그리고 심장 부근에 새겨진 수의 모습이 너무나도 눈에 익숙했기 때문이었다.

피를 쏟아 부은 듯 붉은색을 띠고 심장 부근에 금색 실로 하늘 천의 수를 놓은 그 무복은 진호가 절대 잊을 수 없는 곳의

복식이었다.

해남을 가로지르며 비무행을 하던 내내 단 한순간도 잊지 못했던, 그야말로 너무나도 보고 싶었던 이들이었다.

진호는 반가움과 증오와 분노와 타오르는 원한을 담아 입을 열었다

"반갑다, 너무나도 반갑다. 천가의 개들아."

그와 동시에 진호의 전신에서 패도적인 기세가 폭발적으로 솟아올랐다.

퍼져 나가는 그의 기세에 주변의 수풀과 나뭇잎들이 미친 듯 펄럭이기 시작했다.

하지만 안타깝게도 그 기세를 눈치채기는커녕 진호의 말에 정신이 팔려 눈이 벌게진 이가 하나 있었다.

"죽고 싶어 환장한 놈이로구나. 그래, 그게 네 소원이라면 당장 들어주마."

투호대의 무사 하나가 진호에게로 달려들었다.

그의 손에는 흉흉한 빛을 발하는 박도(朴刀)가 들려 있었다.

그리고 그는 거침없이 손에 든 박도를 휘둘렀다.

박도는 거센 소리와 함께 허공을 가르며 들이닥쳤다.

투호대는 천가가 자랑하는 두 전위무력단체 중 하나였다.

그들은 천가가 해남에 존재하는 무공을 수집하는 과정에서 모은 쓸 만한 것들을 취합해 만든 다양한 무공들을 익히고 있었다. 그리고 그들이 익힌 무공에 맞춰 제각기 다른 무기들을 사용하고 있었다.

하지만 그들은 천가에서 갖은 지원과 노력을 다해 키워낸 이들이었기에 개개인이 모두 일류를 넘어섰을 정도로 뛰어난 이들이었다.

차갑게 타오르는 눈으로 닥쳐오는 박도를 바라보던 진호는 오른손을 번개처럼 내질렀다.

그의 주먹이 내리친 일뢰의 번개가 순식간에 앞으로 내달리며 앞을 가로막는 모든 것을 부숴 버렸다.

박도를 잡고 있던 무사의 손이 박살 났고, 그 손 너머 자리한 머리는 둔탁한 소리와 함께 터져 버렸다.

진호는 갑작스레 주인을 잃고 허공을 회전하는 박도를 집어 들었다.

모든 것은 단 일순(一瞬)만에 벌어진 일이었다.

꿀꺽.

누군가 침을 삼키는 소리가 들렸다.

방금 일어난 광경을 목격한 투호대 인영들의 안색은 무척이나 창백했다.

그리고 차가운 눈으로 그들을 노려보는 진호의 기세에 그들은 자신도 모르게 한 발짝 뒤로 물러서고 말았다.

동료가 당했다. 분명 그에 대응해 떠올라야 하는 감정은 분노와 살의일 터인데 그들의 정신을 잠식한 것은 다름 아닌 공포였다.

"네놈은 누구냐?"

"정체를 밝혀라!"

그들은 긴장된 어투로 소리를 질렀다.

"내가 누구냐고?"

진호는 그들에게로 한 발짝 다가서며 입꼬리를 비틀었다.

―제자야, 지금이 네 이빨을 드러낼 때다.

"네놈들의 목을 따버릴 사신이다."

그와 함께 진호의 신형이 폭발하듯 앞으로 쏘아졌다.

그리고 손에 들린 박도가 섬전처럼 사선을 갈랐다.

일원만병공이 그에 반응하며 이 박도에 최적화된 궤적을 그에게 보여 주었다.

그는 일도에 하늘조차 갈라버릴 거력을 담아 휘둘렀다.

거침없는 패(覇)와 중후한 중(重)의 묘리를 담은 박도가 적을 향해 닥쳐갔다.

"크악!!"

투호대의 무사는 그것을 막으려 했지만 아무런 소용이 없었다.

그가 위로 막아선 검과 함께 그의 신체는 아주 깔끔히 분단(分斷)되어 버렸다.

"시발!! 포위하고 한꺼번에 덮치는 거다!!"

고래고래 지르는 외침과 함께 남은 투호대의 전원이 진호에게 뛰어들었다.

진호는 차갑게 웃으며 박도를 집어 던졌다.

대포를 벗어난 포탄처럼 튀어나간 박도는 방금 소리를 질렀던 이의 입에 정확히 박혀 들어갔다.

그는 외마디 비명조차 지르지 못하고 땅바닥에 엎어져 버렸다.

"죽어!!"

그 사이 접근한 투호대의 검이 잔광을 번뜩이며 닥쳐왔다.

진호는 그 검을 피하지 않았다.

깡.

마치 두터운 철판을 때린 듯 둔탁한 금속음이 사방으로 울려 퍼졌다.

투호대의 검은 천갑의 갑옷을 뚫기에는 너무나도 연약했다.

"뭐… 뭐냐?"

당황하는 그의 얼굴을 진호의 손이 붙잡았다.

"컥!!"

얼굴 양쪽을 붙잡은 손이 그의 동체를 들어 올렸다.

꽈직.

손에 힘이 들어감과 동시에 머리가 박살 나며 발버둥 치던 몸이 축하고 늘어져 버렸다.

"이거나 처먹어!!"

배후에서 쌍겸(雙鎌)이 그 이빨을 번뜩이며 닥쳐오고 있었다.

진호는 아무렇지도 않게 수중의 시체로 옆을 베어오는 낫의 공격을 막아냈다.

스윽.

무척이나 날을 잘 갈아 놓았는지 쌍겸 두 자루는 시체의 팔을 두부처럼 베며 지나갔다.

진호 대신 애꿎은 동료의 시체를 벤 무사는 당황하며 뒤로 몸을 물리려 했으나 이미 늦어 있었다.

시체로부터 갈취한 진호의 검이 이미 최단거리를 뚫고 그의 심장으로 들이닥치고 있었기 때문이었다.

푹.

푸줏간에서 들린 법한 소리와 함께 무사의 심장이 터지며 피가 사방으로 솟구쳐 올랐다.

주저앉는 시체를 발로 차버리며 진호는 다시 옆으로 검을 그었다.

일말의 망설임도 주저도 보이지 않는 지독히도 빠른 쾌검이 몸을 날리던 다른 무사의 목을 베고 지나갔다.

성대가 베여 단말마조차 제대로 지르지 못한 그는 뛰어오던 기세 그대로 나뒹굴며 그 충격으로 전신이 꺾이고 부러져 비참하고 고통스런 죽음을 맞이했다.

진호의 눈은 여전히 서늘하게 타오르고 있었다.

어깨 위에 느껴지는 사람들의 원혼이 진호에게 소리치고 있었다.

자신들의 원통함을 갚아달라고 소리치고 있었다.

그 목소리가 커져 갈수록 진호의 눈은 더욱 차갑게 타오르고 있었다.

진호는 검을 들지 않은 다른 손으로 달려드는 이의 얼굴에 일뢰의 주먹을 갈겨 넣었다.

그는 닥쳐오는 번개에 어떻게든 발버둥 쳐보려 했지만 다 무소용이었다.

퍽.

수박이 터지는 소리와 함께 깨진 머리의 파편과 피와 뇌수가 사방으로 비산했다.

진호를 포위하고 한꺼번에 덮쳐들던 투호대의 무사들은 다가가는 족족 죽어 나가는 동료들의 모습에 대경하며 뒤로 물러섰다.

그들의 눈에는 짙은 공포의 빛이 어려 있었다.

열도 남지 않은 자신들만으로는 도저히 상대할 수 없는 이였다.

겉모습은 기껏 해봐야 약관을 겨우 넘긴 듯한 청년이었지만 그 무공은 고절하기 짝이 없었고, 손속은 수십 년은 묵은 마두처럼 잔혹했다.

"오지 않으면 이쪽에서 가지."

진호는 주춤하며 멈춰 선 그들에게로 뛰어들었다.

"으악!!"

진호가 달려가는 경로에 자리한 투호대의 무사 하나가 그 모습을 보며 발작하듯 검을 휘둘렀다.

하지만 진호는 아랑곳조차 하지 않은 채 주워든 단창으로 그의 배를 찔러 꿰뚫었다. 그는 바로 절명했다.

마치 꼬지처럼 꿰뚫린 무사의 몸을 대경하며 달려오는 다른 인영에게 던져 버렸다.

달려오던 투호대의 무사는 자신을 향해 날아오는 동료의 시체에 화들짝 놀라며 한 발 물러섰다. 그리고 그 공간을 향해 날아드는 단창의 날카로운 이빨에 입이 꿰뚫려 그대로 죽음을 맞이했다.

어느새 남은 이는 채 다섯도 되지 않았다.

"우리들만으론 안 된다. 본대를 불러야 돼."

누군가 아래위의 이를 떨며 중얼거렸다.

"호오, 본대라. 그거 좋은 울림이로군."

진호가 중얼거렸다.

마침 가까운 곳에 천가의 개들이 더 있는 모양이었다.

"좋아, 얼마든지 불러 와라. 얼마가 오든 너희들을 모두 쳐 죽여줄 테니."

진호는 광포하고 패도적인 기세를 흩뿌리며 외쳤다.

그 소리에 놀라 남은 투호대의 이들은 일제히 등을 돌렸다.

이미 동료들이 그야말로 비참한 개죽음을 당하는 꼴을 계속 본 그들의 사기와 전의는 말 그대로 바닥에 닿아 있었다.

그들은 진호의 눈조차 마주치지 못한 채 발을 놀렸다.

멀어져야 했다.

저 미친 투귀(鬪鬼)의 주변에서 조금이라도 멀리 달아나야 했다.

"그렇지만 굳이 다 보낼 필요는 없겠지. 본대를 불러올 입은 하나로 족하니까."

차가운 말과 함께 진호의 몸이 도망치는 이들에게로 쏘아졌다.

그리고 그의 손이 휘둘러질 때마다 하나의 단말마가 공터를 울리며 사라졌다.


남운령은 멍한 눈으로 정면을 바라보고 있었다.

적을 앞에 두고 제대로 발버둥조차 치지 못하고 잡히고 만 자신의 모습에 지독한 무력감과 분노에 휩싸여 있을 때였다.

홀연히 한 인영이 그녀의 앞에, 그리고 악적들의 앞에 모습을 드러냈다.

그 인영은 이제 약관을 겨우 넘긴 청년이었다.

하지만 그의 전신에서 풍기는 패도적인 기세는 그야말로 압도적이었다.

그리고 곧이어 벌어진 사태에 그녀는 자신의 눈을 믿을 수가 없었다.

그의 손이 한 번 휘둘러 질 때마다 투호대의 목이 하나씩 바닥에 떨어졌다. 예외는 없었다.

그 손속은 지독히 빠르고 지독히 강했다.

자신을 그렇게 궁지에 빠트린 이들을 너무나도 쉽게, 마치 구석에 몰아넣은 쥐를 잡는 것마냥 쉬이 상대하는 진호의 모습은 그야말로 경이적이었다.

거기다 그가 그리는 궤적은 어딘가 익숙한 느낌을 자아내고 있었다.

그녀의 가슴이 두근거리고 있었다.

이유를 알 수 없었다.

긴장, 흥분? 그 두근거림이 정확히 어디에서 기인하는 건지 그녀는 알 수 없었다.

하지만 분명 눈앞의 인영이 그려내는 이 광경은 그녀의 눈을 사로잡고 놓아주지 않았다.

사방에 머리와 팔다리를 잃은 시체가 엎어지고 나뒹굴며 그들에게서 흘러나온 피가 자박하게 고여 있는 이 광경은 분명 잔혹하기 짝이 없었다. 하지만 욕지기는 조금도 나오지 않았다.

경이로운 그의 강함이, 그리고 그에게서 느껴지는 알 수 없는 친숙함이 그녀의 가슴을 맥동 치게 하고 있었다.

그때.

그녀는 뺨에 닿는 뜨거운 감각을 느끼는 순간 정신을 번뜩 차리며 화급히 고개를 돌렸다.

뺨에 닿은 것은 바람에 날린 작은 불씨였다.

그리고 그 불씨는 타오르는 사당에서 튀어나온 것이었다.

이미 화마는 메마르고 건조한 사당을 반쯤 살라먹고 있었다.

막아야 했다.

지금이라도 막아야 했다.

"읍!!"

그녀는 있는 힘껏 비명을 질렀다.

재갈이 물려져 제대로 소리조차 지를 수 없었지만 어떻게든 그녀는 발악하듯 발버둥 쳤다.


"응?"

한 명의 도망자를 남겨두고 마지막 이를 쳐 죽인 진호는 발버둥치고 있는 그녀의 모습을 보았다.

그리고는 재빨리 신형을 날려 그녀에게로 다가갔다.

수중의 검으로 조심스레 그녀의 팔과 다리를 결박한 포승줄을 자르고 입에 물린 재갈을 걷어내었다.

"도와주서서 감사해요, 소협."

그녀는 미소와 함께 재빨리 고개를 숙였다.

그리고 진호가 인사를 받기도 전에 먼저 사당을 향해 뛰어갔다.

이미 절반이 넘게 타오른 사당의 화재는 쉬이 진압하기는 이미 늦어 있었다.

그녀는 안타까움으로 잠시 눈을 내리깔았다.

찰나 후 다시 고개를 든 그녀의 눈에는 결심의 빛이 어려 있었다.

그녀는 검을 휘둘렀다.

비어쾌검의 절초들이 사당을 향해 쏟아졌다.

콰직.

도끼처럼 찍어 누른 검초들이 이미 반쯤 타버린 부분들을 박살 내버렸다. 그와 동시에 그녀는 발을 차올려 타버린 부분들을 모두 걷어냈다.

그녀의 과감한 조치로 불씨들은 대부분 사당과 떨어져 버렸다.

그녀는 검을 휘둘러 남은 불씨들마저 꺼버렸다.

진호는 그런 그녀의 모습을 바라보고 있었다.

누구의 사당이기에 저리 다급히도 행동하는 것인지 그는 알 수 없었다.

불이 모두 꺼졌다.

그녀는 절반가량 박살 나 이미 형태의 반을 잃어버린 사당을 보며 쓸쓸하게 미소를 지었다.

그녀는 곧 진호에게 다가왔다.

"도와주셔서 감사해요. 저는 남운령이라고 해요."

"별 말씀을. 진호입니다."

진호는 가볍게 고개를 저었다.

―눈매가 무척이나 익숙한데?

그녀를 바라보던 만병제가 중얼거렸지만 말이 더 이어지지는 않았다.

문득 진호의 시선이 사당의 한편에 향했다.

그곳에는 아주 조그마한 불씨가 남아 있었다.

그녀의 눈이 미치지 않는 곳에서 튀어버린 불씨인 듯했다.

진호는 가볍게 주먹을 뻗었다.

일뢰의 주먹을 통해 바람이 쏘아져 나갔다.

일종의 권풍(拳風)이었다.

포탄처럼 쏘아진 바람은 정확히 불씨만 가격하고 꺼버린 후

바닥에 떨구어 놓았다.

그 광경을 바라보던 그녀가 슬며시 입을 열었다.

"…무공이 참 뛰어나시네요."

"별거 아닙니다."

"그렇게 말씀하시니 이들에게 잡힌 제가 얼굴 둘 곳이 없어지네요. 어쨌든 거듭 감사를 표할 게요. 덕분에 반 정도지만 사당이 모두 불타는 것을 막을 수 있었어요."

그녀는 겸연쩍은 듯 살짝 고개를 젓더니 이내 활짝 미소 지으며 진호에게 고맙단 의사를 표했다.

진호는 활짝 미소 짓는 그녀를 바라보았다.

동글한 눈매에 힘이 깃들어 반짝이는 눈동자, 거기에 입가에 걸린 밝은 미소가 무척이나 잘 어울리는 것이 참으로 발랄한 느낌을 주고 있었다.

"진 소협의 억양을 들어보니 이 근방의 분은 아닌 것 같은데 혹시 중원에서 오셨나요?"

그녀가 물었다.

"네, 그렇습니다."

진호는 고개를 끄덕였다.

"아, 그렇군요."

그러는 그녀는 잠시 고개를 갸웃거렸다.

분명 아까 전 진호의 행동과 말투를 떠올려 보면 천가에 원한이 있는 것 같았다. 그렇기에 그녀는 아주 당연히 그가 해남의 무인일 것이라 생각했다. 해남에는 천가에 원한을 가진 무인과 문파가 아주 많았으니까.

"저, 진 소협? 하나 궁금한 게 있어서 실례를 무릅쓰고 물어볼까 하는데 괜찮을까요?"

그녀는 살짝 고개를 진호 쪽으로 가까이하며 조심스레 말을 걸었다.

"괜찮습니다."

이런 태도로 자신에게 다가서는 여인은 한 번도 겪어본 적이 없었기에 진호는 아주 잠깐 당황했지만 찰나지간에 수습할 수 있었다.

왠지 그 모습을 바라보며 슬쩍 웃고 있는 듯한 무신의 기운이 느껴졌기 때문이었다.

"진 소협이 투호대를 대하는 모습이 분명 그들이나 천가에게 좋지 않은 일을 겪으신 것 같은데 혹시 제 생각이 맞나요?"

"……."

진호는 대답 대신 고개를 끄덕였다.

그 모습을 보고 남운령의 얼굴이 더욱 밝아졌다.

첫 인상에 사람을 지레짐작하는 것은 그리 좋지 못한 판단이다.

그것이 아직 강호와 인생경험이 그리 많지 않은 젊은 자신이라면 더더욱 그랬다.

하지만 그럼에도 진호에 대한 첫인상은 그리 나쁘지 않았다.

자신을 도와주어서인가?

이유는 모르겠지만 그에게선 왠지 모를 친숙함이 느껴졌다.

그녀 또한 강함을 무척이나 숭상하는 해남 무인의 특성을 고스란히 가지고 있었다. 그런 그녀의 뇌리에는 아까 전 진호의 패도적인 무위가 사방을 압도하는 장면이 좀처럼 떠나지를 않았다.

무언가 잠시 고민하던 그녀는 이내 입을 열었다.

"진 소협. 해남에는 처음 오신 건가요?"

"네."

그 대답에 그녀의 미소가 짙어졌다.

"그럼 혹시 해남 지리에 아~ 주 능통한 안내역 하나 필요 없으신가요? 거기다 심지어 공짜랍니다."

어차피 그녀가 이 주변에 온 볼 일은 이미 끝낸 상태였다.

게다가 은원에 대해 철저하라는 가문의 가르침에 충실한 그녀로서는 자신을 도와준 그를 그냥 보내는 것은 왠지 꺼림칙했다.

물론 금전적인 보상도 있긴 하지만 그보다는 이쪽이 여러모로 더 끌리고 있었다.

─좋네. 받아들여. 안 그래도 무뚝뚝한 제자 놈이랑 거 메마른 막대기 같은 중년 하나랑 다니는 게 영 지루했는데 말이야.

─…….

'…….'

진호는 순간 말을 잊었다.

무신은 적극 환영하고 있었고, 왠지 만병제도 그리했으면

하는 느낌이었다. 그리고 진호 또한 그리 나쁠 것은 없는 제안이었다.

"알겠습니다. 잠시 신세를 지도록 하죠."

"이런 신세라면 얼마든지 환영이에요. 거기다 큰 신세는 이미 제가 졌는걸요."

그녀는 활짝 미소를 지었다.

문득 진호는 고개를 돌려 옆을 바라보았다.

아까부터 이상할 정도로 계속 신경이 쓰이는 것이 있었다.

이유는 알 수 없었다.

하지만 계속 시선을 잡아끌며 마음 한구석에 자리 잡는 무언가에 진호는 고개를 돌려 그것을 바라보았다.

그 시선이 닿은 곳은 반쯤 타버린 사당이었다.

진호는 고개를 갸웃거리며 찬찬히 사당을 바라보았다.

사당은 이미 전면부와 측면부가 반쯤 불타 소실되어 있었다.

사당은 다소 낡고 오래된 느낌이었지만 타지 않은 부분을 보아하니 여러 사람의 손을 타 꽤 관리가 잘 되어 온 것 같아 보였다.

"그러고 보니 저 사당에 모신 이가 누구인지 알 수 있겠습니까?"

진호가 고개를 돌려 물었다.

그녀는 그 물음에 미소를 지우고 쓸쓸한 눈으로 잠시 사당을 바라보더니 이내 입을 열었다.

"그러고 보니 해남에 처음 오셨다고 하셨죠?"

"네."

"과거 해남에는 전설적인 무인이 한 분 계셨어요. 그분은 해남은 물론 중원에서도 당해낼 이가 없는 초인적인 무위를 가지고 계셨죠."

"……."

"그분은 모든 무기를 능통하게 다루셨고, 많은 무공을 만드셨어요. 그리고 그 무공을 해남의 많은 이들에게 전해주셨죠. 지금 해남 무공의 대부분은 그분에게서 받고 나온 것이라고 해도 무방할 정도로요."

─이거 어디서 많이들은 이야기인데?

─…….

'…….'

진호 또한 같은 것을 느끼고 있었다.

다시금 눈이 사당으로 향했다.

반쯤 타오른 사당의 모습이 보였다.

진호의 눈살이 절로 찌푸려지고 있었다.

"사람들은 그분에 대한 감사와 존경과 경의의 징표로 담아 그분의 사후 이렇게 사당을 만들었답니다. 모든 무기의 제왕, 사람들은 그분을 만병제라고 불렀어요."

"……."

표정이 완전히 딱딱하게 굳은 진호를 보고 그녀는 살짝 고개를 갸웃거렸다.

"만병제를 모신 사당이라고 하셨습니까?"

"…아. 네. 그래요."

그 목소리가 무척이나 스산하고 차가웠기에 그녀는 순간 당황해 버렸지만 이내 평정을 되찾고 답했다.

진호는 반쯤 고개를 숙이고 있어 어떤 표정을 하고 있는지 볼 수가 없었다.

그녀는 슬쩍 고개를 숙여 진호의 눈치를 살피고 있었다.

그의 얼굴은 흉신악살을 연상시킬 정도로 굳어 있었다.

─너 사당도 있었구나.

─아… 그렇군요. 저도 처음 알았습니다.

무신의 말에 만병제가 답했다.

─그나저나 정말 반쯤 타버렸군.

─…하아. 그게… 뭐 어쩔 수 없는 일이지요.

만병제의 목소리에는 아쉬움과 속상함이 묻어나 있었다.

그리고 그에 진호는 고개를 벌떡 들고는 사당으로 걸어갔다.

전면부와 측면 일부가 타버리고 부서진 사당은 무척이나 흉측한 모양새를 하고 있었다.

진호는 사당의 정면으로 다가가 가운데 있는 위패에 손을 뻗었다.

반쯤 타버려 그을음에 잘 보이지 않는 위패를 손으로 닦아냈다.

그을음이 닦이며 드러난 위패의 전면에는 만병제의 이름이 새겨져 있었다.

그래. 여기는 자신의 사부 중 한 분을 모시는 사당이었던 것이다.

사부의 무위와 행적을 존경하고 숭상하며 사람들에게 받들어지던 곳이었다.

진호에게 사부들의 존재는 그야말로 하늘과도 같았다.

자신의 목숨을 구해주고 원한을 갚을 힘을 주었으며, 평생을 두고 나아갈 길 또한 제시해 주었다

그런 사부를 모신 곳에 침을 뱉고 진흙으로 범벅된 발을 들이밀며 그것도 모자라 태워 없애려 한 이들이 있었다.

"정말 가지가지 하는군."

진호는 씹어뱉듯 낮게 중얼거렸다.

그녀는 진호의 행동에 다소 당황한 모양새였다. 거기에 갑자기 스산한 목소리가 새어 나오니 이내 놀란 표정으로 되물었다.

"네?"

"소저에게 하는 말이 아닙니다."

그녀에게 답하는 진호의 표정은 여전히 스산하게 빛나고 있었다.

"큭큭."

자신도 모르게 웃음이 새어 나오고 있었다.

남운령이 다소 의아한 얼굴로 바라보고 있었지만 웃음이 멈추지 않았다.

마음 한편에는 사부의 사당이 불타는 것을 안타까워하는 그녀에 대한 고마움과 궁금증이 남아 있었지만, 그건 단지 사고의 자그마한 파편일 뿐이었다.

현재 진호의 사고를 잠식하고 있는 것은 오로지 하나. 천가에 대한 분노였다.

그들은 진호가 가지고 있던 원한을 넘어, 건드려서는 안 될 부분까지 건드리고 말았다.

바라만 봐도 섬뜩할 정도로 진호의 눈이 살의와 분노로 서늘하게 가라앉아 있었다.

문득 진호의 고개가 옆으로 돌아갔다.

소리가 들리고 있었다.

발소리가 겹쳐 들리고 있었다.

한 명이나 몇 명이 아닌 무리가 움직이는 소리였다.

그들이 다가오고 있었다.

아까 놓아준 개 한 마리가 나머지 개들을 몰아 이리로 데리고 오고 있는 것이었다.

―제자야.

'말하시지 않아도 압니다.'

무신의 목소리에도 노기가 서려 있었다.

만병제는 아무 말도 하지 않았다.

하지만 진호는 그의 기분을 느낄 수 있었다.

진호는 남운령에게로 시선을 돌렸다.

"남 소저. 부탁이 하나 있습니다."

"네, 무엇이죠?"

그녀가 물었다.

"잠시 자리를 비켜주시겠습니까? 여기서 할 일이 남았군요."

그녀 또한 상황을 보았기에 진호의 말이 무엇을 뜻하는지 알고 있었다.

이제 곧 투호대의 이들이 몰려올 것이었다.

투호대의 본대 인원이 적어도 백에 달하는 것을 그녀는 기억해 냈다.

방금 전 압도적인 무력을 보았지만 수가 많으면 중과부적에 봉착할 수도 있었다.

"…저, 저도 손을 더하고 싶어요. 저들의 수는 많아요. 진 소협 혼자서는 감당키 힘들 수도 있어요."

"진심으로 하는 부탁입니다. 잠시 물러나 주세요."

하지만 진호는 조금의 미동도 없는 얼굴로 다시 한 번 부탁했다.

"…하지만."

"……."

그녀는 마지못해 고개를 끄덕였다.


근방에서 사당들을 불태우고 있던 투호대의 본대는 갑자기 달려온 대원의 비명에 의해 잔뜩 굳어진 상태였다.

그 대원은 반쯤 실성이라도 한듯 벌벌 떨며 방금 일어난 일을 보고했다.

"감히……! 네놈이 누구든 간에 결코 쉽게 죽여주지 않을 테다. 양팔과 다리를 모두 잘라 벌레처럼 바닥을 기게 해주겠다!"

자신의 수하들이 스물 가까이 죽었다는 보고에 투호대주 나기호는 노발대발하며 투호대의 본대를 이끌고 그 사당이 있다는 곳으로 향했다.

스물에 달하는 이들을 아무렇지도 않게 죽였다고 했지만 그래 봐야 혼자였다. 게다가 자신이 지휘하는 투호대와 그렇지 않았을 때의 차이는 어른과 아이의 싸움처럼 커다란 간극이 존재했다.

무릇 대장이란 그런 존재였다. 제일 강한 무인이어서가 아니라 부대의 사기를 좌우하는 아주 중요한 역할을 하고 있기 때문이었다.

그렇게 그는 자신만만하게 숲을 헤치고 나아갔다.

뒤를 따르는 부하들의 사기도 하늘을 찌르고 있었다. 그들 또한 이야기로 들은 동료들의 비참한 죽음에 분노하고 있었다.

나기호는 지금 이들과 함께라면 해남 최강이라 불리던 중독전의 남해무문주와도 싸워 이길 수 있을 것 같았다.

그렇게 나아가던 그의 시야에 반쯤 타버린 사당의 모습이 들어왔다.

그리고 사방에 흩어진 부하들의 시체와 보고로 들었던 건방진 놈의 모습 또한 시야에 들어왔다.

"응?"

문득 그의 눈에 띄는 것이 있었다.

그것은 사방에 꽂힌 무기들이었다.

피로 얼룩지고 시체로 난잡해진 땅 위에 무기들이 빼곡히 꽂혀 있었다. 그 수는 물경 스물에 달했다.

그 광경은 무척이나 기이한 느낌을 발하고 있었다.

실로 재단할 수 없는 커다란 덩치의 맹수가 자리한 것 같기도 했고, 철벽의 성이 눈앞에 서 있는 것 같기도 했다.

왜 그런 생각을 떠올리는지 나기호 또한 자신을 이해할 수가 없었다.

그때 눈앞의 건방진 놈의 기세가 일변했다.

마치 거센 폭풍이 몰아치는 듯한 패도적인 기세가 사방으로 퍼져 나갔다.

그리고 서늘한 시선이 차갑게 타오르고 있었다.

나기호는 자신도 모르게 한 발 물러서고 말았다.

그러다 흠칫하며 정신을 차렸다.

부하들이 자신을 바라보고 있었다.

상황이 파악됨과 동시에 얼굴이 급속도로 붉어졌다.

피가 머리 위로 쏠리고 있었다.

나기호의 얼굴이 종잇장처럼 구겨졌다.

'이 무슨 개망신이냐!'

그는 속으로 소리를 질렀다.

‘죽여 버리겠다. 반드시 죽여 버리겠어.’

그는 빠득빠득 이를 갈았다.

“투호대. 모두 달려가 저놈을 죽여라!! 동료들의 한을 풀어 주어라!!”

나기호는 숲이 쩌렁쩌렁 울리게 소리를 질렀다.

그의 명령과 동시에 투호대의 전원이 앞으로 달려나갔다.

그들의 목표는 진호였다.

진호는 달려오는 그들을 바라보며 양손을 뻗어 바닥에 꽂힌 검과 도를 손에 쥐었다.

진호의 눈이 스산하게 빛나고 있었다.

감히 저놈들 따위가, 천가 따위가 자신의 사부를 모독한 것이다.

그들은 같잖은 눈으로 사당을 바라보고 있었고, 같잖은 행동으로 사부의 사당을 모독하고 있었다.

그래. 그들에게 보여주리라.

만병제의 이름이 얼마나 큰 힘을 가지는지.

그의 힘이 어떤 것인지.

“씹어먹어도 시원찮을 천가의 개들아. 감히 너희들이 누구를 모욕했는지 가르쳐 주마.”

진호는 타오르는 눈으로 그들을 바라보았다.


“흥? 누구를 모욕했는지 내 알바가 뭐냐?”

나기호는 진호를 향해 이를 갈며 고성을 질렀다.

투호대가 무서운 기세로 진호를 향해 뛰어들었다.

진호는 달려드는 첫 상대를 손에 쥔 검으로 베어 넘겼다.

제법 덩치가 큰 투호대의 무사는 진호의 첫 일격은 필사의 방어초식을 펼쳐 막아냈으나 순식간에 닥쳐오는 이 격까지 막아내진 못했다. 그는 채 인식도 하기 전에 목을 베고 지나간 진호의 검을 초점 잃은 눈으로 바라보다 숨이 끊어지고 말았다.

그리고 옆을 노리는 그림자에 진호는 왼손에 쥐고 있던 도를 그대로 내리그었다.

섬전처럼 닥쳐오는 일격에 상대는 대경하며 옆으로 발을 놀려 공격을 피해냈다.

하지만 그와 동시에 낭창거리는 도신이 뱀처럼 휘어져 그를 쫓아오기 시작했다.

어떻게든 피해보려 했으나 뱀의 이빨은 그의 움직임을 훨씬 앞서고 있었다.

그렇게 따라잡힌 순간 그의 가슴이 쩍하고 갈라져 버렸다.

분수처럼 피를 쏟아내며 바닥에 엎어졌다.

진호는 양손에 쥔 무기를 던지고 창과 극을 집어 들었다.

으득.

진호는 창을 든 오른팔을 활시위처럼 뒤로 잔뜩 당겼다. 몸의 근육이 한계까지 비틀어지며 쌓인 탄성과 함께 번개처럼 창을 앞으로 내질렀다.

달려오는 이들의 정면으로 몰아닥친 한줄기 번개와도 같은 창격은 무려 세 명을 동시에 꿰뚫어 버렸다.

피하는 것도 방어도 소용이 없었다.

막아서는 것을 깨어 부수며, 피하려는 발을 찢어버리며 창은 들이닥쳤고 농부가 곡식을 추수하듯 투호대의 목숨을 가져갔다.

세 명을 꽂아 넣은 창을 집어 던지며 왼손에 든 극을 휘둘렀다.

뒤편과 옆의 사각으로 신형을 날리던 이들은 갑작스레 닥쳐오는 극의 그림자에 깜짝 놀라 피하려 했으나 아무 소용이 없었다.

서걱.

날카롭게 휘어진 극의 날이 그들의 허리를 베고 지나갔다.

그들은 베어진 허리에서 꼬불꼬불하게 주름진 내장과 시뻘건 피를 쏟으며 바닥에 나자빠졌다.

버드나무처럼 휘어지는 연검은 환의 극치를 보여주었다.

사방에서 사각을 노리고 휘어지는 공격에 투호대의 무사들은 쉬이 접근조차 하지 못한 채 겨우겨우 공격을 막아냈지만 눈을 속이고 감각마저 농락하는 연검의 궤도에 속절없이 그 목을 내주고 말았다.

낭아봉의 움직임은 그야말로 산불 맞은 멧돼지와 같았다.

투호대는 쉴 새 없이 달려들며 몰아치는 낭아봉의 폭풍에 맞서려 했지만 무섭도록 몰아치는 공격을 다 막아내진 못했다. 결국 빈틈을 비집고 들어온 낭아봉에 박힌 날카로운 못에

뜯기고 단단한 몸통에 맞아 죽은 이들이 바닥을 뒹굴고 있었다.

만병제의 이름을 모욕한 이들을 심판하는 자리였다.

진호는 그들이 모욕한 그 이름의 무서움을 그들에게 각인시켜 주고 싶었다.

고작 이 정도밖에 되지 않는 네놈들이 무시할 상대가 아니라는 것을 그 목숨으로 알려주고 싶었다.

일원만병공의 공능이 전신으로 퍼져 나가고 있었다.

엄청난 고양감이 전신을 채우고 있었다.

손에 쥔 무기들이 외치고 있었다.

자기들 또한 화가 난다고.

감히 누구를 모욕했는지 알려주자고 외치고 있었다.

진호는 그런 목소리에 슬며시 미소를 지으며 앞으로 뛰쳐나갔다.

그는 손에 잡히는 모든 무기를 찌르고 휘두르며 내리쳤다.

바닥과 허공에서 온갖 무기들이 춤추며 그의 손에 앉았다가 다시 춤추며 돌아갔다.

말 그대로 묘기와 같은 광경이었다.

모(矛), 과(戈), 장(仗), 부(斧), 편(鞭), 추(錘), 겸(鎌) 등 수많은 무기가 진호의 손과 허공을 노니며 적을 유린하고 있었다.

장병(長兵)과 단병(短兵), 중병(重兵), 기병(奇兵), 어떠한 것도 가리지 않았다.

진호는 손에 잡히는 모든 무기를 휘두르며 끊임없이 전진하고 있었다.

무기가 달라지니 끊임없이 간격이 바뀌었으며, 그에 따라 사용하는 무공까지 변화하고 있었다.

진호의 전진은 도저히 종잡을 수 없을 정도로 변화무쌍하며 노도와 같이 패도적이었다.

투호대는 그런 진호를 쉬이 막아서지 못했다.

아니, 무기들이 잔광을 번뜩일 때마다 비명이 사방으로 퍼져 나갔다.

"죽어라!!"

악을 지르며 투호대가 뛰어들었지만 무소용이었다.

진호는 손도끼로 그의 머리를 내려쳐 버렸다.

장작 갈라지는 소리와 함께 머리에서 피분수가 솟구쳤다.

도리깨처럼 작은 몽둥이가 달린 초자곤(梢子棍)이 보리와 벼를 탈곡하듯 머리를 깨부수고 있었다.

그 검의 길이가 사척을 넘는 장검을 양손에 붙잡고 휘둘렀다.

말조차 베어버릴 듯한 장검은 막아서는 이를 가볍게 양단해 버렸다.

투호대와 나기호는 무척이나 당황하고 있었다.

진호의 무기가 그리는 궤적은 익숙했다.

그것은 분명 해남의 무공이었다.

그리고 자신들은 해남의 무공을 파훼하는 법을 알고 있었다.

분명 파훼하지 못할 리가 없었다.

하지만 그럴 수 없었다.

분명 그 맥을 끊는 지점과 호흡을 가르는 점을 알고 있는데도 진호의 무공은 파훼되지 않았다.

이유는 간단했다.

진호의 무공은 그들이 알고 있는 것보다 더욱 빨랐고, 더욱 강력했다. 단지 그뿐이었다.

어느새 주변에는 사람들이 몰려와 있었다.

사당이 있는 주변 공터에는 진호에게 비무를 청하기 위해 쫓아온 이들이 자리하고 있었다.

이제야 그들이 진호를 따라잡은 것이었다.

그들은 공터의 주변을 둘러싸고는 진호가 단신으로 투호대를 상대하는 것을 보고 있었다.

그것은 그들로선 상상조차 할 수 없는 광경이었다.

해남의 무림에서 천가의 위치는 남해무문을 제외하고는 아무도 막아설 수 없는 최강자의 자리였고, 투호대는 그런 천가가 자랑하는 이빨 중 하나였다.

그런 투호대를 단 하나의 무인이 맞서 싸우고 있는 것이다.

아니, 홀로 그 투호대를 밀어 붙이고 있었다.

그들로선 끼어들 수 없는 싸움이었다.

몇몇 가세하려는 이가 있었지만 진호의 일갈에 놀라 다시 돌아가고 말았다.

“응?”

그들 중 한 사람이 놀란 듯 진호가 뻗어내는 검을 바라보았다.

그 검은 분명 자신이 가진 무공인 초상검(肖像劍)의 궤적을 그리고 있었다. 물론 진호가 그리는 궤적은 그의 것보다 강했고, 더욱 빨랐다.

그래, 굳이 납득하자면 아직 육성에 머물고 있는 자신과는 달리 그는 초상검을 대성한 것처럼 보였다.

진호의 검에서 기시감을 느끼는 이는 그뿐만이 아니었다.

“어?”

몰려든 사람들의 입에서 점점 당황해하는 소리가 늘어가고 있었다.

“아니, 저건 내 삼첨도(芟尜刀)인데?”

“저건 분명 귀혼창(鬼魂槍)이야!!”

“그가 어떻게 일월성극(日月星戟)의 초식을 알고 있는거지?”

사람들은 진호가 뽑아 들어 그리는 궤적에서 자신들의 무공을 보고 있었다.

물론 하나같이 진호 쪽이 압도적으로 완성도가 높았다.

마치 자신들의 무공을 모두 대성이라도 한 것처럼.

그것은 당연한 일이었다.

해남무림의 무기에 기반한 무공들 중 만병제의 편린이 담기지 않은 것은 찾아보기도 힘들었다.

그리고 만병제의 정수가 담긴 기예가 바로 일원만병공이었
다.

그런 일원만병공의 공능으로 펼쳐내는 무공들은 당연히 그
들의 것과 같은 궤를 달리면서도 훨씬 강하고 훨씬 빠르며 훨
씬 효율적이었다.

하지만 사정을 모르는 이들은 진호에게서 다른 이의 모습을
찾아내고 있었다.

현 해남무림에도 진호와 비슷한 이가 있었던 탓이었다.

그는 현재 중독으로 인해 와병 중인 남해무문주 남호상이었
다.

해남에 존재하는 대부분의 무기를 다루며 해남제일의 이름
을 떨치는 남호상은 해남무림의 이들에겐 우상과도 같았다.

그런 그가 독에 의해 쓰러지고 자리에서 일어서지 못하자
사람들이 받은 충격은 생각보다 컸다.

언제나 굳건히 서 있으리라고 믿었던 해남의 거인이 주저앉
아 일어서지 못하고 있는 것이다.

하지만 그 해남이 자랑하던 초강자의 모습이 저 청년에게서
보이고 있었다.

그에게선 분명 항거할 수 없는 거대한 거인의 모습이 보이
고 있었다.

"혹시……."

누군가 중얼거렸다.

"진 소협은 남해무문주님의 숨겨진 제자인 건가?"

그것이 그들이 낼 수 있는 가장 합리적인 추측이었다.

"그럴지도."

누군가 맞장구를 쳤다.

자신들이 알고 있는 범위에서 저 나이에 저런 말도 안 되는 신기를 보여줄 수 있는 이는 오직 하나.

해남제일인이라 불리는 백병무왕 남호상밖에 없었다.

지극히 독선적이고 강압적으로 사람들을 압박하고 몰아붙이는 천가와는 달리 남해무문은 해남무림의 정신적 지주와도 같았다.

그런 남해무문의 기둥이 쓰러졌기에 해남무림은 천가에 의해 좌지우지되고 있었던 것이었다.

하지만 눈앞의 청년에게선 분명 그의 잔향이 느껴졌다.

자신들의 기둥이 되어 주던 거인의 향이 나고 있었던 것이다.

"힘내시오, 진 소협!!"

누군가 소리 질러 응원했다.

그리고 그 소리들은 연달아 울려 퍼지기 시작했다.

진호에게 향하는 그들의 함성이 더욱 커지고 있었다.


진호는 거친 숨을 몰아쉬고 있었다.

이미 구 할이 넘는 투호대가 바닥에 누워 있었다.

대부분의 인원이 진호의 손에 목숨을 잃은 것이었다.

이제 남은 이는 채 열도 되지 않았다. 그마저도 부상자들을 제외하면 몸 성히 움직일 수 있는 이는 두 서넛밖에 되지 않았다.

코와 구강을 통해 폐로 들어간 신선한 공기가 전신으로 퍼져 나갔다.

그리고 호흡으로 뽑아낸 내가가 전신을 돌며 활력을 보충해 주었다.

한편 나기호는 질린 눈으로 진호를 바라보고 있었다.

그가 이렇게 강할 것이라곤 생각하기 힘들었다.

분명 작은 희생 정도는 있으리라 생각했지만 이렇게 부대의 대부분을 날려 먹을 것이라곤 생각조차 할 수 없었다.

이미 후회하기는 늦었다. 어떻게든 부하들의 희생을 허공에 날리지 않으려면 무조건 진호의 목숨을 취해야 했다.

―아직 쓸데없는 움직임이 많아. 좀 더 무기들이 말하는 소리에 집중하고 그들의 말에 귀를 기울여.

만병제의 목소리가 지친 진호의 귀로 흘러들었다.

그의 말이 맞았다.

아직 부족함이 많았다.

그렇기에 무기가 가진 힘을 다 끌어내지 못했다.

그리고 그만큼 자신의 힘을 소진했기에 이리 지친 것이었다.

갈 길이 멀었다.

좀 더 많은 실전이, 좀 더 많은 수련이 필요했다.

아직 더 강해져야 했다.

진호는 숨을 크게 들이켠 후 다시 신형을 날렸다.

진호의 오른손에 들린 검을 나기호가 막아섰다.

그는 투호대의 대주답게 그나마 진호의 검을 어렵사리 막아섰다.

나기호는 필사적으로 내기를 끌어올렸다.

그의 전신에 붉은 기운이 맺히기 시작했다.

천가에서 소수의 인원에게만 허락된 심공인 회천원양공(回天元陽功)의 기운이었다.

강호의 격언 중 언제나 삼 푼의 실력을 숨기란 말이 있었다.

이것이 그가 숨긴 삼 푼, 비장의 수였다.

회천원양공의 기운이 그의 검으로 파고들어갔다.

"핫!!"

그리고 전력을 다해 비장의 검초인 맹호비아(猛虎秘牙)를 펼쳐냈다.

여섯 개의 날카로운 검영이 번뜩이더니 순식간에 진호를 향해 닥쳐갔다.

맹수의 움직임처럼 재빠르고 날쌘 검영들은 하나같이 치명적인 사혈들을 노리고 있었다.

진호는 일원만병공의 공능을 다시 끌어올리며 검을 뻗었다.

검신 길이 삼 척 사 촌의 검을 통해 나타난 검법은 아까 전 남운령이 사용하던 검인 비어쾌검이었다.

그와 동시에 진호는 검날을 기울이며 발을 힘차게 박차 올랐다. 그의 손에 쥔 검이 상리와는 완전히 다른 궤도로 힘차게 솟아올랐다.

폭포를 가르는 용이 되고자 하는 한 마리 신어와도 같은 검로.

신어등룡(神魚登龍)의 검이었다.

진호는 상리와는 다른 궤도로 솟구쳐 오르는 검으로 쇄도해오는 여섯 개의 검영을 모두 걷어내었다.

그때였다.

나기호의 눈이 일순 잔광을 띠었다.

그와 동시에 모습을 드러낸 것은 여섯 개의 검영 속에 그 실체를 감춘 또 하나의 검영이었다.

말 그대로 맹호의 숨겨진 이빨[猛虎秘牙]과도 같았디.

갑작스레 닥쳐오는 검에 진호는 눈살을 찌푸렸다.

하지만 당황하지 않았다.

여기서 당황하기엔 앞으로 자신이 겪어야 할 것들이 너무도 높고 험하고 멀었다.

이런 곳에서 일일이 멈춰 서 있을 시간 따윈 없었다.

허공으로 떠오른 그의 발이 땅바닥에 박힌 무기들을 걷어차올렸다.

그리고는 마치 허공에서 춤을 추듯 그 무기의 끝을 발끝으로 밀어 찼다.

그와 동시에 마치 섬전처럼 무기들이 나기호의 전신을 향해 쇄도했다.

그가 찔러낸 비장의 검은 이미 날아온 창에 튕겨져 아무런 위력조차 가지지 못했다.

푹, 푹, 푹.

연달아 그의 몸에 무기들이 꽂혔다.

그리고 그는 그대로 고개를 떨군 채 절명하고 말았다.

그렇게 그 싸움은 막을 내렸다.


진호는 숨을 가다듬었다.

붉은 무복을 입은 모두를 바닥에 눕히니 그의 어깨에 올려진 무게가 한결 가벼워지는 것 같았다.

하지만 아직 모자랐다.

지금 처죽인 것들은 천가의 일부일 뿐이었다.

아직 갈 길이 멀었다.

그래도 지금의 걸음이 종착으로 향하는 커다란 발걸음이란 사실은 변하지 않았다.

진호의 눈이 지평선 너머 저 멀리로 향했다.

보이지 않는 그 너머에는 분명 천가가 자리하고 있을 것이었다.

'이제 곧이다. 너희가 저지른 죄의 대가를 사무치게 알게 해주지.'

진호는 나직이 중얼거렸다.

숨을 고르는 진호에게 멀리서 지켜보던 남운령이 다가왔다.

그녀의 눈에는 묘한 열기가 담겨 있었다.

그녀 또한 진호가 투호대를 모두 격살할 것이라곤 예상조차 하지 못했다.

혹시라도 그가 위기에 처하면 언제라도 도울 수 있도록 준비에 준비를 하던 그녀였지만 눈앞에 도출된 결과에 그저 혀를 내두를 수밖에 없었다.

그는 강했다. 정말 터무니없을 정도로 강했다.

해남에서 투호대를 단신으로 상대할 수 있는 이는 그녀가 알기로 자신의 아버지인 남해무문주 남호상밖에 없었다. 하지만 남호상의 나이는 사십이 넘었다.

자신의 아버지이자 해남제일인이라 불리우는 이와 비견될 정도의 압도적인 무위를 이제 약관 즈음으로 보이는 이가 손에 쥐고 펼쳐내는 것이었다.

그녀는 궁금했다.

더 알고 싶었다.

그의 강함이 어디서 나온 건지, 그리고 어떻게 강해진 건지 알고 싶었다.

분명한 것은 그녀의 눈에 비치는 그의 모습은 어딘가 빛나 보인다는 점이었다.


진호와 투호대와의 싸움이 가져다 준 반향은 실로 대단했다.

그 후 해남의 무림은 그 화제로 시끌벅적했다.

아니, 그 화제만이 그들의 입가에서 오르내릴 정도였다.

"자네 들었는가?"

"당연하고 말고. 그 이야기를 모르면 그야말로 간첩이지."

심지어는 주어가 생략된 물음에도 너무나도 쉽게 답에 나올 정도였다.

투호대를 단신으로 상대하고 그들을 모두 격살한 진호의 이름은 그야말로 해남 전역에 퍼져 나갔다.

천가의 독선적이고 강압적인 행보에 많은 이들이 반감을 품고 있었기에 진호의 이름은 더욱 극적으로 퍼져 나갔다.

그 광경을 목격한 이들은 꽤 많았고, 그들의 입에서 나온 자세한 목격담이 쉴 새 없이 사람들의 입을 오르락내리락거렸다.

그리고 쉬지 않고 끊임없이 나아가며 비무행을 계속해 왔던 이야기와 합쳐져 그의 명성은 하늘 높은 줄 모르고 솟구쳐 올라갔다.

거기에 또 다른 이야기 또한 있었다.

그가 현재 독으로 병상에 누운 남해무문주의 숨겨진 제자라는 소문이었다.

그 소문은 그의 싸움을 목격한 이들로부터 나왔기에 꽤 신빙성 있게 받아들여지고 있었다.

아니, 애초에 해남에서 그렇게 많은 무기를 그렇게 완성도 있게 다룰 수 있는 이는 단 한 명 백병무왕(百兵武王)이라 불리는 남해무문주 하나라는 것을 고려하면 그 추측은 분명 무척이나 그럴싸했다.

게다가 그렇게 압도적인 무위를 보여주는 이가 그냥 하늘에서 떨어졌다면 의아하기 짝이 없는 일이지만, 해남제일이라 불리는 막강한 고수인 백병무왕의 제자라고 하면 어떻게든 맞아떨어지는 설명인 것이었다.

게다가 패도적이면서도 예를 잃지 않는 그의 기상은 분명 해남제일의 협객이라 불리는 남해무문주의 잔향이 느껴지고 있었다.

그렇게 사람들은 종내 진호를 이렇게 부르기 시작했다.

백병투룡.

백가지 병기를 다루는 투룡이라고.

남해무문주의 별호와의 유사성을 고려하면 이미 사람들에게서 그 화제에 대한 결론이 난 것처럼 보였다.

거기에 해남의 무인들이 백병무왕이란 별호를 무척이나 숭상하며 자랑스럽게 생각한다는 것까지 고려하면 해남 무인들이 진호를 바라보는 시선 또한 쉽게 추측할 수 있는 것이었다.


한편.

천가의 심처에선 날이 바짝 선 고성이 연달아 터져 나왔다.

"다시 한 번 말해봐!! 뭐라고?"

"…투호대가 전멸했다고 합니다."

"하! 기가 막히는군. 투호대가 고작 한 명에게 전멸했다고? 그걸 지금 나보고 믿으라는 소리인가?"

"믿기 힘드실지도 모르겠지만 분명 사실입니다."

"제기랄!!"

천도군은 연신 고개를 숙이는 염부를 향해 책상 위의 벼루를 그대로 집어 던졌다.

쨍강.

옆으로 스치고 지나가는 섬뜩한 벼루의 잔향에 염부는 침을 꿀꺽 삼켰다.

옥으로 만들어 제법 고급스러워 보이는 벼루는 그야말로 산산조각이 나 있었다.

투호대는 천가가 많은 공을 들여 모으고 키워낸 천가의 정예병력이었다. 그들은 천가가 엄청난 자금과 노력을 통해 만들어낸 해남 무공의 파훼법 또한 익히고 있었다.

그들만 있어도 해남의 웬만한 문파들은 하루 나절에 쑥대밭을 만들 수도 있었다.

그런 이들이 고작 한 명에게 당했다고?

그는 그 사실을 도저히 믿을 수가, 아니, 용납할 수가 없었다.

빠득.

그가 이를 가는 소리가 방 안 가득 울려 퍼졌다.

"그 새끼 도대체 누구야?"

"…아직 제대로 파악이 되지 않았습니다."

섬에 납치한 이들에 대한 정보는 흑영대가 쥐고 있었고, 그 자료들 모두는 이미 불타 버렸기에 그들은 진호의 정체에 대해 알지 못했다.

"그걸 말이라고 하나!!"

“죄… 죄송합니다.”

염부는 연신 고개를 숙였다.

“진호. 진호라고 했지. 그 천둥벌거숭이 같은 놈이 감히 천가의 행보를 막아서? 감히!!”

“…….”

염부는 쉴 새 없이 흐르는 식은땀을 닦아 내며 천도군의 눈치를 살피고 있었다. 그의 전신에서 풍겨 나오는 위압적인 기세에 염부는 숨조차 제대로 쉬지 못하고 고개를 숙이고 있었다.

천도군의 입가에서는 광기에 찬 웃음이 쉴 새 없이 쏟아졌다.

그의 눈에는 짙은 살의와 깊이를 측정하기 힘든 엄청난 분노가 어려 있었다.

이제 곧 해남의 일통이 눈앞에 있었다.

그런데 그런 커다란 위업을 앞두고 어디서 나타났는지도 모르는 미꾸라지 한 마리가 그 물에서 날뛰며 손가락을 깨물고 물을 진흙탕으로 만들어놓고 있었다.


“그놈의 소재는 파악했나?”

“그렇습니다.”

그의 생각은 천도군의 물음에 의해 끊어졌다.

“십살숙(十殺宿)을 모두 보낸다.”

“십살숙 모두를 말입니까?”

십살숙은 천가의 온갖 더러운 뒤처리를 도맡아하는 어둠의 칼날이자 천가가 갖은 심혈을 다 기울여 키워낸 최강의 살수들이었다.

둘만 모여도 일류고수쯤은 식사 후식조차 안 될 정도로 가볍게 죽여 버릴 수 있다는 이들을 모두 동원한다니. 염부는 그야말로 놀랄 수밖에 없었다.

아무리 정면에서 투호대를 격살한 진호라고 해도 이들의 암습을 막아내기는 힘들 것이었다.


"단, 절대 죽이지 말고 살려오라고 해라."

"…네."

"절대 그냥 죽이지 않을 테다. 아니, 제발 죽여 달라고 빌 정도로 죽고 싶게 해줄 것이다. 그리고 뼈저리게 후회하게 해주지. 감히 천가를 건드린 것을 말이야."

그렇게 그날.

천가 비장의 병력이자 광기의 도살자라 불리는 열 명의 살수가 문을 떠났다.




『팔황지로』 제2권에 계속…

# 이제부터 전자책은 이젠북

## www.ezenbook.co.kr

세상을 보는 또 하나의 창!
이젠북(ezenbook)!
지금 클릭하세요!

검색창에 이젠북 을 쳐보세요! ▼ 

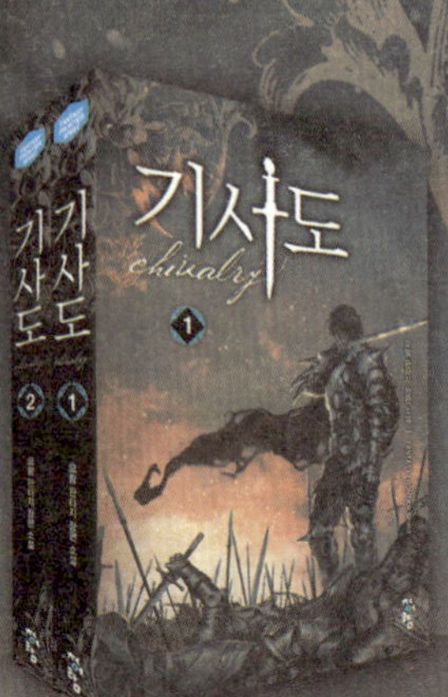